1

Über den Autor:
Roland Wiesdorf, geboren am 26. April
1962 in Schaffhausen/Saar. Europäer aus
Überzeugung, semi-professioneller Fotograf aus Leidenschaft, beheimatet in der
abwechslungsreichen und geschichtsträch-
tigen Region SaarLorLux.

Brennpunkt Harlem

Kurzroman

Die Geschichte des Kampfes um ein Haus in Harlem, New York City, in dem sich eine Bürgerinitiative um arme und bedürftige Menschen am Rande der Gesellschaft kümmert. Das Haus soll abgerissen werden und teuren Apartments weichen.

Alle Personen und Namen sind frei erfunden. Ähnlichkeiten mit lebenden Personen oder existierenden Unternehmen sind rein zufällig.
Alle Handlungen sind frei erfunden.
Die beschriebenen Subway-Stationen und touristischen Sehenswürdigkeiten existieren tatsächlich. Keine Haftung für eventuelle Irrtümer.

Alle Fotos © Roland Wiesdorf

Impressum

Autor: ©2020 Roland Wiesdorf

Herstellung und Verlag:
BoD - Books on Demand, Norderstedt

ISBN: 9783752642568

I. Die Heimkehr

Es ist das Ende eines langen Tages, aber auch das Ende einer weiten Reise, und die Abendsonne senkt sich leuchtend rot in das tiefe dunkle Blau des Atlantiks und verschwindet schließlich völlig hinter dem Horizont, während sich meine Maschine, eine gute alte Boeing 747 von British Airways, im Landeanflug auf den John F. Kennedy Airport befindet.
Unter mir sehe ich die unendlichen Wohnsiedlungen auf Long Island, in denen nach und nach die Lichter angehen.
Mein Körper ist zwar fast schon in meiner Heimatstadt angekommen, aber meine Gedanken sind noch in London, wo ich die letzten beiden Wochen verbracht habe, um alte Freunde zu treffen. Wir verbrachten schöne Stunden in Camden-Town und ich habe wieder einmal festgestellt, wie unterschiedlich doch die Metropolen dieser Welt sind.
Irgendwie hat jede Weltstadt ihren eigenen Charakter, ihren eigenen Geruch, ihre eigene Geräuschkulisse, Architektur, Kultur, und ihren eigenen Menschenschlag.
Während ich so vor mir hin träume, setzt der alte Jumbo sanft auf. JFK, wie der Airport kurz genannt wird, ist einer von drei Großflughäfen dieser Stadt, und besteht aus acht einzelnen Terminals, so daß sich

das Gedränge in erträglichen Grenzen hält.

Nachdem ich mein Gepäck geholt habe, steige ich draußen vor der Empfangshalle in ein Taxi, in ein „Yellow Cab", wie man hier in New York sagt.

Es ist keines dieser modernen Hybrid-Taxis, sondern ein Chevrolet Caprice, eines dieser typischen alten New Yorker Taxis, wo unter der schier endlos langen Motorhaube ein sehr durstiger, aber unverwüstlicher V-8-Zylinder vor sich hin blubbert.

So sitze ich nun im Fond dieses alten Dieners auf der ausgeleierten Kunstleder Bank, und habe das Gefühl die Gerüche all der vielen Menschen zu riechen die jemals in diesem Fahrzeug gesessen haben. Hier saßen wohl schon verliebte Pärchen, gestresste Geschäftsleute, Ganoven, volltrunkene Partygänger, und wer weiß wer noch alles hier hinten durch Big Apple chauffiert wurde. Die Karre hat echt schon bessere Zeiten erlebt, wie sicherlich auch der Fahrer, ein stattlicher End-Fünfziger, dessen Wurzeln anscheinend irgendwo in der Karibik zu finden sind. Die Dreadlocks unter seiner riesigen bunten Häkelmütze sind in Ehren ergraut, und ergeben einen starken Kontrast zu seiner tropisch dunkelbraunen Haut.

Mit halsbrecherischen Überholmanövern dirigiert er das Taxi routiniert über den Highway, während aus den Lautsprechern des Fahrzeuges Reggae-Musik krächzt, die er lautstark mit seinem Gesang ergänzt. Bob Marley hätte seine helle Freude daran gehabt.

Spätestens jetzt weiß ich wo ich bin: New York hat mich wieder!

Diese Weltstadt, die Stadt die niemals schläft, ist der Melting Pot, der Schmelztiegel für Menschen aus aller Welt. Schon immer kamen Menschen von überall hier her um ihr kleines Glück zu finden, um den amerikanischen Traum zu träumen. Früher waren es Iren, die der Armut ihrer schönen Heimat entflohen, Juden, die vor Verfolgung flohen, und viele Andere. Heute kommen die Einwanderer aus aller Welt, Mexikaner, Latinos, Chinesen, Vietnamesen, und so weiter.

Unzählige von diesen Einwanderern wohnen in den endlos langen roten Backstein-Wohnblocks in Brooklyn, dem großen Stadtteil den man auf dem Weg vom JFK Airport nach Manhattan durchquert.

Aus dem Fenster meines Taxis sehe ich Hinterhöfe, in denen Jugendliche aller Hautfarben Basketball spielen, billige Pizza Shops und Car Wash Betriebe wo an Stelle einer automatischen Waschstraße einige junge Männer die Autos noch von Hand waschen.

Ich habe das Gefühl in die Kulisse des Musicals West-Side-Story zu schauen.

Wir haben Brooklyn fast durchquert und nähern uns dem East River. Mein Fahrer nimmt den Weg über die Williamsburg Bridge, einer dieser schönen alten Seilbrücken die den East River überqueren.

Mein Blick fällt auf die wie immer schön beleuchtete Manhattan Bridge zu meiner Linken, und kurze Zeit später erreichen wir die Halbinsel von Manhattan, und tauchen ein in die mächtigen hohen Schluchten aus Hochhäusern des Financial District im Süden der Halbinsel. Es ist als ob man in einen gewaltigen Dschungel aus Beton, Stahl und Glas eintaucht, und einige dieser Straßenschluchten sind so hoch und so eng, daß ich oft das Gefühl habe daß es hier nie richtig hell wird. Es wird aber auch nie richtig dunkel, und Frank Sinatra hat schon Recht wenn er in seinem Welthit „New York New York" singt, daß diese Stadt niemals schläft.

Wir nähern uns Chinatown, wo sich mein Apartment befindet.

Müde schleppe ich mich in meine Wohnung. Meine Reise ist zu Ende - ich bin zuhause.

Welcome to Chinatown...

II. Der Job

Das Licht der aufgehenden Sonne dringt immer stärker durch den Vorhang vor dem Fenster meines Apartments. Fensterläden gibt es typischerweise nicht in New York und vielen anderen Großstädten der USA. Für Einen wie mich, der ursprünglich aus Europa kommt, ist das immer noch etwas ungewohnt.

Meine Bleibe liegt an der Bowery Street in Chinatown. Das Quartier ist als Wohngegend nicht gerade attraktiv, und schon gar nicht wenn man keine chinesischen Wurzeln hat. Es ist überhaupt nicht zu vergleichen mit den noblen Ecken von Manhattan, an der Upper East Side zum Beispiel, oder dem beschaulich schönen Greenwich Village, dafür ist es aber wenigstens einigermaßen erschwinglich.

Das Viertel ist geprägt von eher niedrigen alten Häusern, an deren Fassaden sich die nach diversen Brandkatastrophen vorgeschriebenen nachgerüsteten Feuerleitern befinden, die typisch für New York sind.

Eine Ausnahme bildet ein moderner Wohn- und Geschäftsturm an der Straßenecke, auf dessen Dach sich in luftiger Höhe eine der angesagten Rooftop-Bars befindet. Hier gönne ich mir gerne mal einen Drink, meist einen Summer-Breeze, und genieße den grandiosen Ausblick auf den gewaltigen One World Trade Center Turm, der anstelle der bei dem Terrorangriff von 2001 zerstörten Zwillingstürme des ehemaligen World Trade Centers nun das Bild von Lower Manhattan prägt.

Auf der anderen Seite blickt man von hier oben auf den East-River, die Manhattan-Bridge und die Brooklyn-Bridge, und weit über den flächenmäßig riesigen Stadtteil Brooklyn.

Chinatown ist eine Welt für sich, und selbst viele Straßenschilder sind in zwei Schriften und in zwei Sprachen beschriftet: Englisch und Chinesisch.

Wechselt man in der Mott Street die Straßenseite, so wechselt man von Chinatown nach Little Italy, so wechselt man von fernöstlicher Kultur und Lebensweise zu italienischer Lebensart. Auf engstem Raum pflegen die Nachfahren der einstigen Einwanderer die Kulturen ihrer ursprünglichen Heimat. Hier leben die Kulturen nicht miteinander, sondern friedlich nebeneinander.

Diese Stadt ist wirklich ein Ort extremer Kontraste, und unter anderem das macht sie so spannend und einzigartig.

Hier kommt dein Taxifahrer aus Jamaika, dein Bäcker aus Italien, dein Gemüsehändler aus China, dein Friseur aus Irland, dein Installateur aus Mexico, und dazwischen ich - aus „good old Germany". Was für eine Mischung!

Also wälze ich mich langsam aus meinem typisch amerikanischen, viel zu weichen, Full-Size Bett. Der Jetlag setzt mir schon etwas zu. So langsam merke ich mein Alter von immerhin achtundfünfzig Jahren. Früher hat mir sowas nichts ausgemacht.

Heute Morgen muß ich mich wieder meiner Arbeit widmen. Irgendwoher müssen die Dollars für meinen Lebensunterhalt ja kommen.
Ich arbeite als Journalist und Fotograf für die Lokalredaktion des Chronicle, einer der großen New Yorker Tageszeitungen, und ich muß in die Redaktion um die bevorstehenden Aufträge zu besprechen.

Eine Angewohnheit der meisten New Yorker habe auch ich übernommen: Man frühstückt nicht zu hause, sondern unterwegs, auf dem Weg zum Job.
Es gibt unzählige Möglichkeiten zu Frühstücken, von Fast Food, über Bagel Shops, bis zu Restaurants und Bäckereien.
Heute gönne ich mir in meinem Stammlokal mal ein Frühstück, welches eigentlich die zahlreichen irischen Einwanderer mitgebracht haben: Ein etwas amerikanisiertes „Full Irish" Breakfast!

Rühreier, kräftig gebratener Bacon, white Pudding, black Pudding, weiße Bohnen in Sauce, Grillwürstchen, Grilltomate, Toast, Butter, Orangenmarmelade und Ahornsirup - und Mary, die gute Seele des Ladens, bringt mir Kaffee, und schenkt immer schön nach, so daß die große Tasse nicht leer wird. Manchmal ist der Laden nicht so voll, und wir haben Zeit für ein kurzes Gespräch, so wie heute.

Gestärkt und gut gelaunt mache ich mich auf den kurzen Weg zu meiner Subway Station, der Grand Street Station.
Diese Station liegt an einem kleinen Park, in dem sich auch einige Basketball Felder für die Jugendlichen befinden.

Wie immer sitzt an einem der Eingänge dieselbe uralte Chinesin, die tagein tagaus mit einem für mich völlig unverständlichen Geschrei irgendwelche chinesischen Lotterielose verkaufen will. Sie hat weiße Haare und hunderte Falten in ihrem vom Wetter gegerbten Gesicht, deren Tiefe man sicherlich schon in Zentimetern messen kann. Wenn Sie sich mal erhebt, was selten vorkommt, sieht man ihren Buckel, und bemerkt daß sie höchstens einen Meter vierzig groß ist. Sie ist sicherlich über neunzig Jahre alt, aber lautstark Lose anpreisen, das kann sie noch. Chinatown ist eben etwas anders…

Also gehe ich abwärts in die Subway Grand Street Station, um mit der B-Line zu meinem Ziel, der 47-50th Rockefeller Station in Midtown Manhattan zu fahren.
Die B-Line ist eine der großen Subway Linien, die von der Brighton Street im Stadtteil Brooklyn kommend, Downtown und Midtown Manhattan durchquert, um in Woodside im Stadtteil Queens zu enden.

Unten am Bahnsteig ist es wie immer quirlig voll. Hunderte Menschen warten auf die nächste Bahn. Auf der B-Line fahren Local Trains die an allen Stationen halten, auch an kleineren als dieser hier, und es gibt die Express Trains die nur an großen Stationen halten. Die Durchfahrten dieser Express Trains werden vom Stationschef mit dem typisch schnoddrigen New Yorker Slang (Dialekt) angekündigt, und Sekunden später hat man das Gefühl daß sich ein Erdbeben ereignet, aber es ist nur der Express Train, und mit hohem Tempo und einer gewaltigen dröhnenden Geräuschkulisse donnert der lange Wurm aus blankem Aluminium durch die Station, um gleich danach wieder in der Dunkelheit der Subway Tunnel zu verschwinden.

Der nächste Zug ist ein Local Train, und er bringt mich, und eine bunte Mischung anderer Menschen, nach Norden zur Rockefeller Station.

Diese Subway Station ist gewaltig. Alleine in der Rush Hour kommen hier an jedem Werktag gut Fünfzigtausend Pendler an um im Rockefeller Center und den umliegenden Bürotürmen zur Arbeit zu gehen.

Das Rockefeller Center ist ein Gebäudekomplex, dessen Fassaden reich verziert sind mit Motiven in Art-Deco, einer Kunstrichtung aus den späten neunzehnhundertzwanziger Jahren. Man sieht Motive aus Industrie, Handel und Landwirtschaft, Motive aus verschiedenen Ländern, aber die bekanntesten Kunstwerke sind wohl die Skulptur des Atlas, der die Erdkugel auf seinen Schultern trägt, und die des Prometheus, der der Erde das Feuer brachte. Der Prometheus befindet sich in der Rockefeller Plaza, wo im Sommer ein Café zum Verweilen einlädt, das sich im Winter zu einer beliebten Eislaufbahn verwandelt. Und alljährlich zur Weihnachtszeit wird hier der sicherlich berühmteste Weihnachtsbaum der Welt aufgestellt, den man aus vielen Hollywood Filmen kennt.

Das Büro unserer Lokalredaktion ist ein paar Blocks weiter in der 48th Street angemietet, da es im eigentlichen Verlagsgebäude zu eng wurde. Wir befassen uns mit Themen in und um New York herum. Über das große Weltgeschehen wird in der Zentrale im imposanten Büroturm an der 8th Avenue recherchiert und geschrieben.

In unserem Viertel befinden sich die Juweliere und Diamantengeschäfte der überwiegend jüdischen Händler, und die berühmte Radio City Music Hall ist nur ein paar Schritte entfernt. Auch zum Central Park ist es nicht mehr so weit. Keine schlechte Gegend in Manhattan.

Mike, unser Redaktionsleiter, ist wie üblich etwas brummig drauf und kaut - wie immer - auf dem Stummel einer längst erloschenen Zigarre herum. Er ist ein einigermaßen übergewichtiger Typ von gedrungener Statur, und mit seinem Stiernacken wirkt er manchmal durchaus furchteinflößend. Das rote lockige Haupthaar läßt seine irische Herkunft erahnen.

Mit einem „kommst Du endlich auch mal wieder was arbeiten, Ronny", begrüßt mich er mich mürrisch. Eigentlich heiße ich Ronald Crawford, aber man nennt mich einfach nur „Ronny" oder „Ron".
Ich gehe in sein Büro und wir setzen uns hin um zu besprechen was anliegt.

Mikes Schreibtisch erinnert irgendwie mehr an einen Recyclinghof für Papierabfälle als an den Arbeitsplatz eines Journalisten. Zwischen Bergen von Zeitungen und Stapeln von Papier qualmt eine Zigarre vor sich hin. Es ist ein Wunder, daß hier noch kein Großbrand ausgebrochen ist und das ganze Gebäude in Schutt und Asche gelegt hat.

Egal, trotz seiner Macken ist Mike ein guter Journalist, und er ist ehrlich und geradeaus. Das mag ich.

Das Thema für meinen Auftrag spielt sich in Harlem ab, und sorgt seit Wochen für große Aufregung in dem überwiegend von Schwarzen bewohnten Bezirk im Norden von Manhattan.

Das Gebäude, in dem sich eine Bürgerinitiative befindet, die sich um die ganz armen Menschen dort kümmert, ist verkauft worden.

Die neue Eigentümerin, eine Investment - Bank, will das in die Jahre gekommene Gebäude abreißen, um ein nobles Appartementhaus zu errichten und es teuer zu vermieten. Seit einiger Zeit finden es einige neureiche Leute schick in diese multikulti Gegend zu ziehen. In der Folge steigen die Mieten, und die vielen gering verdienenden Menschen haben das Nachsehen.

Ganz besonders die zahlreichen alten Menschen mit niedriger Altersversorgung können sich keine noch so einfache Wohnung mehr leisten, und landen auf der Straße!

Ich soll vor Ort recherchieren, Menschen interviewen, und natürlich Fotomaterial sammeln.

Das Thema interessiert mich, und ich freue mich einen so interessanten Auftrag von Mike bekommen zu haben.

Der Job ist mir viel lieber als zum Beispiel über das Golfturnier irgendwelcher bornierten neureichen und arroganten Bankiers zu berichten. Soziale Themen und Umweltthemen fand ich immer schon spannend.

Mike und ich besprechen noch einige Details, und mein erster Arbeitstag nach dem Urlaub geht zu Ende.

Was macht man nach Feierabend in New York City? Wenn das Wetter schön ist, fahre ich gerne mal zur „High Line", in den Südwesten von Manhattan.

Hier verläuft unweit des Hudson Rivers eine ehemalige oberirdische auf gewaltigen Stahlsäulen erbaute Subway Linie und durchquert den Bezirk Chelsea. Einige Meter hoch über den Straßen kann man spazieren gehen, und dort wo einst die silbernen Subway Züge donnerten, haben Ehrenamtliche eine reich bepflanzte Oase erschaffen!

Gemütliche Bänke laden zum Verweilen ein und es ergeben sich immer wieder schöne Ausblicke, mal über den Hudson nach New Jersey, mal bis zum Empire State Building und Midtown.

Ein besonderer Anziehungspunkt war bis vor kurzem eines der berühmtesten Werke des Graffiti Künstlers Eduardo Kobra: „Sailors Kiss" war der Name des bunten Meisterwerkes, und zeigt einen Matrosen, der nach seiner Heimkehr von See seine Liebste in den Arm nimmt und innig umarmt und küsst. Verliebte Pärchen aus der ganzen Welt haben diesen romantischen Ort besucht, um das Graffiti zu sehen und ein Selfie damit zu machen. Leider ist das Kunstwerk der Witterung und der maroden Fassade zum Opfer gefallen.
Eine andere High Line der Stadt wurde durch den legendären Spielfilm „Die Entführung der Pelham 123" mit Walter Matthau und Martin Balsam in den Hauptrollen weltbekannt. In dem Film rast eine entführte Subway Bahn führerlos durch die Stadt auf das Meer zu. Ein unglaublich spannender Film!

Also sitze ich hier oben auf einer Bank der High Line und genieße die Abendsonne.
Unter mir befindet sich auch der alte „Meatpacker District", wo früher in alten Fabrikhallen die Schlachthöfe der Riesenstadt waren, und kräftige Männer, die „Meatpacker", Schweinehälften verladen haben.

Der ehemalig etwas verrufene Bezirk hat sich gewandelt, und nach dem Weggang der Schlachthöfe ist in den alten Gebäuden neues Leben entstanden. Heute haben sich dort Kunstateliers angesiedelt, und es gibt Einkaufspassagen mit kleinen Spezialitätenhändlern und Street Food.
Ich beende meinen Spaziergang und fahre zurück nach Hause.
Vor meiner Subway Station sitzt noch immer die alte Chinesin und versucht noch immer lautstark ihre Lotterielose zu verkaufen.

Welcome to Chinatown...

III. Der Auftrag

Die Kamera und mein Notizbuch sind in der Tasche und ich bin bereit. Ein neuer Morgen ist da, und die neue Aufgabe liegt vor mir.
Heute habe ich einen ersten Recherche Besuch in Harlem geplant, und mit der B-Line und der Linie 2 fahre ich zur 125th Street Station in das Herz von Harlem.

Oberhalb des Central Park werden die Gleise der Subway immer schlechter, und es rüttelt und schüttelt die Fahrgäste kräftig durch. Quietschend und kreischend rollen die Räder der Waggons über die alten Schienen. Hier merkt man der Subway ihr Alter deutlich an. Infrastruktur, die mal zur modernsten und besten auf der Welt zählte, kommt hier an ihre Altersgrenze. Der Investitionsstau in der Riesenmetropole ist gewaltig.

Als ich aus der Station nach oben komme, sehe ich schon von Weitem eine Gruppe von Menschen die mit Plakaten lautstark demonstrieren. Sie stehen vor dem Haus das abgerissen werden soll. In einiger Entfernung haben sich einige Leute des NYPD (New York Police Departement) postiert und beobachten cool an ihre Streifenwagen gelehnt die Szenerie.

Ich gehe zu der Gruppe der Demonstrierenden hin, und suche nach einer verantwortlichen Person um Informationen zu bekommen. Ein Teilnehmer schickt mich zu einer Frau die mit einem Megaphon die Forderungen der Demonstranten lautstark aber sachlich skandiert. Sie ist eine Schwarze, circa 45 Jahre alt, und auf ihrem Kopf thront eine stattliche Afro Frisur. Ich warte geduldig die Kundgebung ab, mache mir Notizen und schieße mit dem Teleobjektiv schon mal einige Fotos dieser Frau.

Zwischendurch bemerke ich zwei etwas merkwürdige Gestalten, die mich beobachten. Die beiden Männer, Weiße, mit dunklen Anzügen und dunklen Sonnenbrillen, stehen etwas abseits, und einer von ihnen versucht möglichst unauffällig mit dem Smartphone Fotos von mir zu machen. Daß man sich als kritischer Journalist öfter mal unbeliebt macht ist mir schon lange klar, und ich messe der Gegebenheit keine größere Bedeutung bei.

Inzwischen ist die Kundgebung beendet und die Menge löst sich langsam auf. Ich nutze die Chance und gehe zu der Dame mit dem Megaphon und spreche sie an.

„Hi, mein Name ist Ronald Crawford vom Chronicle." Wie ganz selbstverständlich antwortet Sie ganz cool „Hi Ronny, ich bin May Baker, wie kann ich Ihnen helfen?" Einigermaßen verblüfft, und nicht so schlagfertig und schnell wie man es von mir gewohnt ist, bin ich für ein paar Sekunden erst mal sprachlos. Ich sage ihr was mein Auftrag ist, und bitte sie um ein Interview und um möglichst viele Informationen.

Sofort beginnt sie angeregt zu berichten, und als ich nach einigen Sätzen von meinem Notizblock zu wieder zu ihr schaue, bemerke ich erst so richtig, wer da vor mir steht.

Ich sehe das Gesicht einer sehr schönen Afroamerikanerin. Sie ist so ungefähr einen Kopf kleiner als ich, und ich schaue in zwei große und strahlende Augen. Das Weiß ihrer Augäpfel steht in einem lebhaften Kontrast zu ihrer sehr dunklen Haut. So dunkel wie meine Lieblingsschokolade mit 80 % Kakaoanteil denke ich, und muß unwillkürlich schmunzeln, was sie natürlich prompt bemerkt.

Auf ihrer kleinen Nase sitzt eine Nickelbrille mit kreisrunden Gläsern, so eine Brille wie Mahatma Gandhi sie trug. Bekleidet ist sie mit einem dunkelgrauen Kostüm aus feinem Wolltuch. Das Kostüm sitzt perfekt und betont ihre makellose Figur. Unter dem Jackett trägt sie eine weiße Bluse und ein strahlend blau gemustertes Seidentuch.

Eine wirklich attraktive und intelligente Person denke ich, aber irgendwie passt sie

22

nicht so recht nach Harlem, geht es mir durch den Kopf.

„Warum haben Sie eben so geschmunzelt", fragt sie mich mit einem intensiven Blick in meine Augen, und ich antworte etwas unbeholfen „äh..weiß nicht mehr", und registriere daß ich ein wenig verlegen bin.

Nachdem ich mir weitere Notizen gemacht habe, lädt sie mich in das Haus um das es geht ein, damit ich es besichtigen kann. Und genau das wollte ich ja auch!

Es ist eines dieser in die Jahre gekommenen vierstöckigen Backsteinhäuser. Von den weißen Schiebefenstern blättert die Farbe ab, und die typische New Yorker Feuertreppe an der Hausfront setzt kräftig Rost an.

Das Haus war einmal ein einfaches kleines Hotel, und die Inhaberin überließ es, nachdem sie sich zur Ruhe gesetzt hatte, und das Hotel geschlossen wurde, der Bürgerinitiative.

Leider ist sie letztes Jahr gestorben. Sie hatte keinerlei Verwandte mehr und auch keine Kinder, und es gab auch kein rechtsgültiges Testament. Daher kam es nach dem Tod der alten Dame in den Besitz der Stadt, die es in einer öffentlichen Versteigerung veräußerte. Meistbietende

war eine Investment-Bank. Die Bank bot der Bürgerinitiative an in dem Gebäude bleiben zu können - allerdings nur gegen eine schwindelnd hohe Miete, die die ausschließlich spendenfinanzierte Bürgerinitiative natürlich nicht aufbringen konnte. Nun will die Bank das Haus schnellstmöglich räumen lassen und abreißen, um an der Stelle einen Neubau mit Komfort Apartments zu errichten.
Also gehe ich geführt von May in das alte Haus um mir ein Bild von der Arbeit der Bürgerinitiative zu machen.

Im Gang warten einige Menschen geduldig auf die Essensausgabe, und in einem großen Raum, der mal das Restaurant des ehemaligen Hotels war, sind schon einige Menschen und nehmen ihre Mahlzeit ein.
Es ist eine bunte Mischung aus den Menschen die in der US-amerikanischen Gesellschaft nur all zu oft scheitern, und deren Leben dann meistens in bitterer Armut endet.
Es sind die Menschen, die sonst irgendwo in der Subway oder einfach nur auf der Straße nächtigen.
Es sind die Menschen, die morgens hungrig aufwachen, und abends hungrig einschlafen.
Es sind die Menschen, die so garnicht in die Glitzerwelt der supermodernen Apart-

ment Hochhäuser oder Wolkenkratzer der Banken von Downtown Manhattan passen.
Es sind die Menschen, die niemand will, und um die sich niemand kümmert.
Fast niemand - bis auf Bürgerinitiativen wie diese hier.

Diese Menschen hier sind eine bunte Mischung der Verlierer der Gesellschaft.
Hier landen diejenigen, die sich wegen ihres geringen Einkommens keine Krankenversicherung leisten konnten, und durch eine Erkrankung ihr gesamtes Eigentum verloren haben.
Hier landen viele Arbeitslose und Alleinerziehende, die trotz Nebenjobs nicht über die Runden kommen, alte Leute, die nur eine geringe Rente haben.

Und hier landen die Veteranen, die für ihr Land in die Kriege nach Afghanistan, Irak oder anderswo, in der Welt geschickt wurden.
Viele von diesen Veteranen kommen traumatisiert von ihren furchtbaren Erlebnissen zurück in die Heimat, und kommen in der „normalen" Welt nicht mehr zurecht. Geplagt von den Nachwirkungen chemischer Kampfstoffe, und gequält von allnächtlichen Alpträumen, scheitern sie im zivilen Leben, und stehen völlig hilflos und verarmt am Rande der Gesellschaft.

All diese Menschen suchen Hilfe - und sie finden sie hier! Und nun soll das Haus weg. Aber wohin sollen sie dann gehen?

May führt mich weiter durch das Haus. In der ehemaligen Restaurantküche arbeiten einige Freiwillige, meistens schwarze Frauen. Einige sind schon recht betagt. Und jeden Tag schaffen sie es irgendwie, aus den Lebensmittelspenden von umliegenden Restaurants und von privaten Spendern, mehrere Hundert Mahlzeiten zu kochen. Es duftet verführerisch gut nach afrikanischer und kreolischer Küche aus den großen Kochtöpfen. Die Stimmung ist gut und bei der Arbeit reden und lachen die Frauen viel. Ich bin zutiefst beeindruckt.

Einen Raum weiter befindet sich eine notdürftig eingerichtete Zahnarztpraxis. Es gibt nur einen alten Behandlungsstuhl, eine OP-Leuchte und ein Regal mit den nötigsten Instrumenten und einem kleinen Sterilisator.

Zwei mal die Woche kommt Joe hier her und behandelt die Patienten - natürlich kostenlos.

Joe ist ein längst pensionierter Zahnarzt und stammt hier aus Harlem.

Seine schneeweißen kurzen gekräuselten Haare bedecken nur noch einen Teil seines dunkelbraunen Schädels, und er geht schon recht gebeugt. Aber seine Augen sind hellwach und seine Hände sind noch immer sehr geschickt. Noch immer versteht er sein Handwerk.

Leider ist es noch immer in den Vereinigten Staaten so, daß man den finanziellen Status vieler Menschen an den Zähnen erkennt.
Längst nicht Jeder der hier her kommt oder hier geboren wird erlebt den amerikanischen Traum. Viele scheitern an der harten Realität, und einige von ihnen landen dann bei hilfsbereiten Menschen wie diesen hier, bei der Bürgerinitiative, wo man ihr Leid wenigstens etwas zu lindern versucht.
Wer hier her kommt, weiß was für ein wertvolles Geschenk eine heiße Suppe im Winter ist. Wer als Obdachloser von der Straße hier her kommt, weiß auch wie komfortabel eine alte Militärpritsche in einem Schlafsaal sein kann.
Ich lebe nun schon einige Jahre in dieser Weltstadt mit all ihren glänzenden Wolkenkratzern, Luxusapartments, Designerläden, exklusiven Clubs und Scharen von neureichen Investment-Bankiers, zugezogenen Millionenerben und verwöhnten Teenie-Touristen aus aller Welt, die nur sich, ihre Edel-Smartphones und ihre Selfies lieben.
Diese verwöhnten Teenies sind auf der Suche nach möglichst vielen Followern bei Instagram, während diese Menschen hier

nach einer einfachen warmen Mahlzeit oder einem sicheren Schlafplatz für die nächste kalte Nacht suchen.

Diese Stadt ist voller Kontraste, und diese Facette war mir bisher nicht so bekannt.

Ich bin dankbar für meinen Job, der mir viele Einsichten ermöglicht.

Erschlagen von den vielen Eindrücken bedanke ich mich herzlich bei May für die Führung und die vielen Informationen.

Wir tauschen noch kurz unsere Kontaktdaten aus, und ich trete mit der Subway den Heimweg an.

Zuhause angekommen denke ich, es ist ja doch nicht so übel hier in meinem kleinen Apartment in Chinatown.

Und noch immer, oder schon wieder, sitzt die alte Chinesin am Eingang meiner Subway Station und wirbt lautstark für ihre Lotterielose.

Welcome to Chinatown...

IV. Der erste Artikel

Ein neuer Tag. Es ist zehn Uhr vormittags, und wie üblich wird in unserer kleinen Lokalredaktion die alltägliche Redaktionskonferenz abgehalten. Und wie üblich ist Mike, der Redaktionsleiter, mal wieder etwas störrisch.

Ich begrüße Mike mit einem lakonischen „gibt's dein Gesicht eigentlich auch in gut gelaunt", was augenblicklich eine Blutdrucksteigerung seinerseits und einige genuschelte Flüche hervorruft.

Jetzt ist er wach und hat Betriebstemperatur, denke ich mir leise, und grinse ihn breit an.

Irgendwie mögen wir uns ja doch. Ich frage mich nur warum. Egal.

Es geht um die Themen für die morgige Ausgabe. Es ist die Samstagsausgabe, die auflagenstärkste der Woche.

Detailliert und engagiert stelle ich mein Thema, die Bürgerinitiative in Harlem, vor.

Mike fällt sofort auf daß ich für das Thema brenne, und er gibt mir ein halbe Seite mit Foto im Lokalteil. Das ist Platz für eine Menge Text, und das ist ein untrügliches Zeichen dafür, daß das Thema Priorität hat.

Sofort nach der Redaktionskonferenz mache ich mich an die Arbeit und formuliere aus meinen vielen Notizen einen ordentlich recherchierten und gut verständlichen Artikel. Als Journalist muß ich mich immer auf die Seite der Leserinnen und Leser stellen, und den Artikel so gestalten, daß er auch für Leute ohne Vorkenntnisse in dem Thema verständlich und lesenswert ist.

Und immer geht es auch um Auflagenzahlen und Abonnements, denn in der sich wandelnden Welt der digitalisierten Nachrichten haben es die guten alten auf Papier gedruckten Zeitungen nicht einfach.

Aber wir sind Profis, und wir verstehen unser Handwerk.

Bis 18 Uhr muß der Artikel fertig sein. Dann wird er geprüft und korrigiert, und gegen 22 Uhr rollen die Druckmaschinen an.

Ab zwei Uhr in der Nacht werden die Zeitungen von einer ganzen Flotte von Lieferwagen ausgeliefert.

Dann liegen gut 443.000 Zeitungen in den Briefkästen, bei den Händlern, den Straßenverkäufern, Kiosken und Abonnenten der großen Unternehmen bereit. Sechs Tage die Woche, das ganz Jahr lang. Ein hartes Geschäft.

Und wir wollen besser sein als die Masse der überwiegend digitalen Anbieter. Nicht aufreißerisch und und oberflächlich, sondern seriös recherchiert, sachlich und detailliert.

Das ist mein Anspruch an mich selber. Wenn ich das nicht mehr leisten kann, oder darf, wechsele ich den Job, und wenn ich auch bei Wind und Wetter Hot Dogs an den kleinen silbernen Imbisswagen verkaufen muß, die man an vielen Kreuzungen dieser Stadt sieht.

Der Job ist erledigt, wie immer, und ich fahre hundemüde nach Hause.

In Gedanken bin ich noch bei meinem Artikel, der morgen früh in 443.000 Zeitungen zu lesen sein wird.

Zum Kochen habe ich heute gar keine Lust mehr, und ich gehe von meiner Subway Station nicht direkt nach Hause, sondern wechsele die Straßenseite.

Die Straßenseite zu wechseln ist hier sicherlich etwas anders als an den meisten Orten dieser Erde, den hier wechselt man von Chinatown nach Little Italy.

Sogar einen eigenen Neonlicht-Schriftzug „Welcome to Little Italy" gibt es hier. Er hängt hoch über der Kreuzung Mott Street und Hester Street, und es gibt sicherlich keine italienisch stämmigen Touristen, die diesen Ort bei einem New York Besuch nicht besucht haben.

Also gehe ich ein paar Schritte weiter in die Mulberry Street, und befinde mich in einer ganz anderen Welt. Hier gibt es italienische Restaurants, in denen auch ita-

lienisch gesprochen wird, und Feinkostlä-
den mit typisch italienischen Spezialitäten.
Ich gehe gerne ins „Little Sicilia", wo man
eine ganz hervorragende hausgemachte
Pasta bekommt, und einen Espresso, wie
er in Rom nicht besser sein könnte.

Vielleicht war es ja dieses Restaurant, das
einen großen Sohn der Stadt, nämlich Billy
Joel, zu seinem Welthit „Scenes from an
Italian Restaurant" inspirierte.

Mit einem lautstarken „Bona Serata" werde ich von Luigi begrüßt. Luigi ist hier
schon seit Ewigkeiten Kellner. Er ist nicht
allzu groß, aber dafür kugelrund. Wahrscheinlich munden ihm die Pasta etwas zu
gut, aber ich bin ja auch nicht gerade
dünn…

Auf Luigis Empfehlung hin bestelle ich Pas-
ta mit pikanten Scampi und eine Flasche
Lambrusco. Es sind nicht viele Gäste heu-
te Abend da, und so haben wir reichlich
Gelegenheit für manches Gespräch.
Ich berichte Luigi von meinem Auftrag,
und er erzählt mir die Geschichte seiner
Großeltern, die damals als bitterarme
Bauern von Sizilien nach New York aus-
wanderten, um sich wenigstens etwas
Wohlstand zu erarbeiten.
Auch sie träumten den amerikanischen
Traum, wie so Viele, die in diesen Jahren

mit großen Schiffen über den Atlantik kamen, und auf Ellis Island, einer kleinen Insel in der Bucht vor New York als Einwanderer registriert wurden.

Es wird viel und laut gelacht, und der Abend endet Stunden später damit, daß wir - nicht mehr ganz nüchtern - Arm in Arm mit den beiden Köchen das eben erwähnte Lied „Scenes from an Italian Restaurant" singen.

Billy Joel würde sich darüber freuen. Da bin ich mir ganz sicher.

Tief und fest werde ich in dieser Nacht schlafen, und morgen, am Samstag, habe ich ja frei und kann ausschlafen.

Doch es sollte anders kommen.

V. Der Samstag in Harlem

...es ist sicherlich 30 Grad warm, und ich sitze mit meinem besten Freund vor einem kleinen Zelt neben einem Lavendelfeld in der Provence...

Schrill reißt mich das Läuten des alten Festnetz-Telefons aus dem Schlaf, und somit auch aus diesem schönen Traum aus meiner Jugendzeit. Fast gleichzeitig läutet mein Handy.

Instinktiv schaue ich, wie wohl die meisten Menschen, wenn sie zu ungewöhnlichen Zeiten angerufen werden, auf die Uhr auf meinem Nachttisch. Es ist gerade mal halb sieben am Samstagmorgen, und eigentlich ist heute mein freier Tag.

Ich gehe ans Handy. Es ist Mike. Aufgeregt berichtet er davon daß es schon erste Reaktionen auf meinen Artikel über die Bürgerinitiative gibt. Ich kann Mike kaum verstehen, und bitte ihn wenigstens während dem Telefonieren seinen sch... angekauten Zigarrenstummel aus seinem irischen Mundwerk zu nehmen. Er tut es, und prompt werden seine Worte verständlicher als das Genuschel vorher.

Mike berichtet er sei schon früh am Morgen von einem der Inhaber unserer Zeitung angerufen worden, der wissen wollte was um Himmels Willen wir da in Harlem treiben. Ein Vorstandsmitglied der Invest-ment-Bank, die das Haus der Bürgerinitiative abreißen will, hat sich über unsere angeblich einseitige und wirtschaftsfeindliche Berichterstattung beschwert und mit Konsequenzen gedroht, falls wir weiter darüber berichten.

Für einen Moment denke ich an die beiden merkwürdigen Typen mit den dunklen Anzügen und Sonnenbrillen, die die Demonstration in Harlem - und mich - genau beobachtet haben.

Jetzt habe auch ich Betriebstemperatur erreicht und fühle wie der blanke Zorn in mir aufsteigt. Zorn darüber, daß Firmen oder Banken mit sehr viel Geld und Einfluß versuchen die Presse an ihrer Berichterstattung zu hindern. Mit Konsequenzen wird also gedroht. Bekommen wir dann zum Beispiel keinen Kredit mehr wenn wir in eine neue Druckmaschine Investieren? Oder was? Bestimmt jetzt das Kapital worüber in der Zeitung berichtet wird?

Ziemlich aufgeregt sage ich zu Mike am Telefon, daß die Reaktion des Bankiers zeigt daß wir es genau richtig gemacht haben!

Lautstark frage ich Mike ob er sich jetzt einschüchtern lassen will, ob er sich jetzt wie ein schüchternes Hündchen wegducken will, und nicht mehr über soziale Brennpunkte berichten will, nur weil sich irgendein großspuriger Bankier auf seinen Designer-Schlips getreten fühlt?

Schließlich treibe ich es auf die Spitze und frage ihn ob er noch ein Journalist mit Rückgrat sei, ein echter unbeugsamer irischer Eichenschädel, oder ob er inzwischen zum Weichei mutiert sei.

Es ist verdächtig still am anderen Ende der Leitung, und das Einzige was ich höre ist das Pochen meines eigenen Herzschlages in meinen Ohren. Ich möchte nicht wissen, was für einen astronomischen Blutdruck ich gerade habe.
Sekündlich erwarte ich eine Reaktion von Mike in Form eines Wutausbruches.
Dann unterbricht Mikes Stimme die Stille, und völlig unaufgeregt und ruhig sagt er nur drei Worte: „Wir machen weiter!" und beendet das Telefonat.
Irgendwie liebe ich diesen irischen Brummbär!

Kurze Zeit später läutet mein Handy erneut. In der Annahme, dass es Mike ist blöke ich ein „war noch was" ins Mikrofon. Es ist still am anderen Ende, und erst nach ein paar Sekunden meldet sich etwas verstört eine Frauenstimme. Es ist May, die Sprecherin der Bürgerinitiative. Nachdem ich mich für mein rüpelhaftes Verhalten entschuldigt habe, berichtet auch sie mir von ersten Reaktionen auf meinen Artikel im Chronicle.

Nicht sehr viele Menschen in dem Viertel in Harlem haben das Geld für ein Zeitungsabonnement übrig, aber einige Exemplare werden doch in den kleinen Läden verkauft, besonders am Samstag.

Nachdem Mitstreiter der Bürgerinitiative May angerufen haben, ist sie zu dem Haus gegangen um sich ein Bild von den Reaktionen zu machen.

Es waren trotz der noch frühen Stunde schon viel mehr Leute da als normalerweise, aber nicht nur die üblichen Hilfesuchenden armen Menschen und die ehrenamtlichen Helferinnen und Helfer, sondern auch andere Bewohner des Viertels.

May und ich beschließen daß wir uns noch heute Morgen am Haus treffen um uns persönlich ein Bild von der Lage zu machen, und May will auch verhindern daß es eventuell zu Problemen kommt, weil zu viele neugierige Menschen kommen.

Ich dusche und springe in ein paar frische Klamotten, ein Vorgang der bei mir nur Minuten dauert, und mache mich auf den Weg uptown nach Norden, nach Harlem.

Am Eingang zu meiner Subway Station Grand Street ist es verdächtig ruhig, irgendwie anders als sonst. Richtig, die alte Chinesin, die sonst immer lautstark ihre Lotterielose anbietet ist noch gar nicht da. Endlich hat Sie es aufgegeben, denke ich, und laufe weiter.

Eine knappe Dreiviertelstunde später komme ich in Harlem aus der 125th Street Subway Station und sehe schon von Weitem eine Menschenmenge vor dem Haus.
Ich gehe hin und May empfängt mich herzlich mit einer Umarmung.
Sie schaut mich an, und ihr Gesicht ist überzogen von einem strahlenden Lächeln. Wie schön diese Frau ist, denke ich etwas verlegen.
Heute Morgen trägt sie einen grauen Hoodie, Blue Jeans und Sportschuhe, aber selbst darin sieht sie gut aus. Eine Frau mit ihrer Ausstrahlung kann alles tragen, und selbst in einem Kartoffelsack sähe sie gut aus, denke ich.

Die aufgeregten Menschen vor dem Haus berichten daß sie froh sind daß endlich eine breite Öffentlichkeit über den geplanten Abriss des Hauses erfährt, und erhoffen sich so Unterstützung für ihr Anliegen es zu erhalten, um weiterhin für die Armen und Hungrigen da sein zu können.

May und ich gehen nach einigen Gesprächen mit den Leuten in das Haus. Aus der Küche riecht es bereits sehr gut, denn man ist längst schon mit den Vorbereitungen der Mahlzeiten für die Bedürftigen beschäftigt.

In der Ecke des großen Schlafraumes werden ein alter Friseurstuhl, Handtücher und Utensilien herangeschafft, denn heute kommt Antonio, ein pensionierter Friseur der ursprünglich aus Sizilien stammt, und einen Tag pro Woche umsonst die Haare schneidet oder rasiert.

Seine Frau Gianna, eine kleine alte Frau mit grauem Haar und warmen Augen, kommt oftmals mit. Sie war früher mal Schneiderin, und macht heute für die Bürgerinitiative kleine Reparaturen oder Änderungen an den Kleidungsstücken der armen Menschen. Die Menschen, die hier herkommen, haben nicht das Geld um ständig „modische" Kleidung zu kaufen. Sie müssen ihre Sachen lange Jahre tragen, und da bekommt eben so manche Hose im Laufe der Zeit mal einen Flicken, oder der Wintermantel ein neues Futter.

Wieviel Knöpfe mag Gianna wohl im Laufe der Jahre hier angenäht haben?

Was wäre das Haus hier ohne diese helfenden Hände?

Während ich also ganz ruhig diesen ganz besonderen Mikrokosmos in dieser gewaltigen großen Weltmetropole betrachte und die Eindrücke in mich aufsauge, kommt eine kleine kugelrunde Frau auf mich zu. Eine Schwarze, wie die meisten hier. Sie trägt eine große weiße, oder sagen wir mal - ehemals weiße - Schürze, auf der schon die Spuren von Küchenarbeiten deutlich sichtbar sind. Ihr krauses schwarzes Haar wird von einem Tuch in den Farben der Regenbogenflagge gebändigt. Urplötzlich nimmt sie mich in die Arme und herzt und drückt mich innig als würden wir uns schon ewig kennen. Ehe ich mich versehe, folgt auch schon ein dicker Kuss auf meine Wange.

Dieses urige Energiebündel strahlt mich an wie die warme Frühlingssonne und sagt: „Und Du bist also Ronny. Ich bin Lucille, und leite die Küche hier. May hat mir schon viel von Dir erzählt."

„Komm rein, und dann mache ich Dir ein kräftiges Frühstück, Kleiner", ergänzt sie lachend, zieht mich hinter sich her in die Küche, und setzt mich an einen kleinen Tisch in der Ecke.

Man verwöhnt mich mit einer ordentlichen Portion Eier mit Speck, gefolgt von Pancakes mit Ahornsirup und frischem Kaffee.

Ich schaue den Frauen bei der Arbeit zu, und bin beeindruckt von der Stimmung hier, und davon wie unbefangen und selbstverständlich man hier aufgenommen wird.

Einige Frauen singen sogar bei der Arbeit, die sie freiwillig und ohne jedes Entgelt hier Tag für Tag leisten.

Das hier ist nicht das New York daß man aus dem Fernsehen kennt, nicht die glitzernde Ansammlung von gigantischen Wolkenkratzern, nicht die 5 th Avenue wo verwöhnte Teenies aus allen Teilen der Welt in den Luxus-Shops der Marken die gerade „in" sind die von Papa gesponserte goldene Kreditkarte glühen lassen, um danach mit ihren Edel-Smartphones ein Selfie nach dem anderen zu machen um es sogleich bei Facebook und Instagram zu posten.

Plötzlich reißt mich die Stimme von May aus meinen Gedanken. Sie fragt mich nach meinen Eindrücken, und ich erzähle ihr wie sehr mich die Armut der vielen armen Leute, die hier herkommen schockiert, wie sehr mich die Arbeit der freiwilligen Helferinnen und Helfer beeindruckt, und wie herzlich ich als völlig Fremder hier aufgenommen wurde.

May hört mir geduldig zu, und sie spürt wie sehr mich das Alles hier beeindruckt, und daß das hier für mich schon jetzt viel mehr als nur ein „normaler" Job ist.
Nachdem ich May meine Eindrücke geschildert habe schauen wir uns einige Sekunden wortlos in die Augen, bis Lucille aus der Küche kommt und mit einem lautstarken „na, Ihr Turteltauben" die Stille unterbricht.

Mit einem breiten Grinsen schaut Lucille erst May und dann mir ins Gesicht. Heute habe ich das Gefühl daß Lucille schon viel früher als May und ich bemerkte das sich da etwas anbahnte...

Lucille berichtet uns daß gleich die Probe des Gospelchores in der kleinen Kirche beginnt, und ob wir nicht zuhören wollten.

Von der Idee begeistert machen wir uns auf den Weg zu der Kirche, die nur wenige Blocks von hier entfernt ist.

Ich bin hervorragend gelaunt, aber es gibt da etwas was mich nun doch beunruhigt: Schon wieder sind in einiger Entfernung diese beiden merkwürdigen Typen in den dunklen Anzügen und den dunklen Sonnenbrillen da und beobachten uns.

Egal, ich freue mich darauf mit May den Gospelchor zu hören.

Eine Kirche in den USA ist nicht unbedingt mit einer Kirche in Europa zu vergleichen.

Die kleine Kirche hier in diesem Teil von Harlem ist ein schlichter Altbau aus Holz, und nicht etwa ein massives und stattliches Gotteshaus mit Glockenturm, wie man es aus den meisten Teilen Europas kennt.

Es gibt auch keine Kirchensteuer hier, die für die Kosten des Gebäudes und das Gehalt eines Pfarrers aufkommen könnte.

Der Prediger dieser kleinen Kirchengemeinde ist ein Lehrer im Ruhestand, der seine Rente gelegentlich mit einigen Stunden als Tankwart aufbessert.

May und ich erreichen die Kirche, und schon von draußen hören wir wie die Organistin sich einspielt.

Drinnen hat sich auch schon der Gospelchor aufgestellt, eine bunte Mischung aus Kindern, Jugendlichen, Frauen und Männern. Es mögen etwa 45 Personen sein, meist Schwarze, aber auch einige Weiße sind dabei, und in ihren typischen Umhängen geben sie ein ebenso buntes wie imposantes Bild ab.

Die Chorprobe beginnt, und innerhalb weniger Minuten fühle ich mich mitgerissen von dem kraftvollen und gleichzeitig gefühlvollen Gesang.

Ich spüre daß das hier viel mehr ist als nur gemeinsam etwas zu singen. Der Gesang hier kommt aus den Herzen und der Seele, und der Rhythmus und die Kraft der Musik erfüllen den ganzen Raum, und ich kann und will mich nicht dem Bann und der Faszination dieser Musik entziehen.

Nach der Chorprobe gehen May und ich fast wortlos zum Haus zurück. May fragt mich warum ich so still sei, und ich antworte ihr daß ich von den Erfahrungen dieser Vormittagsstunden hier in Harlem tief beeindruckt sei - und schlicht und einfach sprachlos.

May quittiert meine Aussage wortlos mit einem zufriedenen Lächeln.

Sie spürt daß ich nun wirklich begriffen habe worum es hier geht. Dies ist inzwischen viel mehr als nur ein normaler Auftrag für mich geworden. Und ich muß mir eingestehen daß May mich anzieht...

Am Haus der Bürgerinitiative angekommen fasse ich mir ein Herz und lade May auf ein Date für den heutigen Samstagabend ein. Ohne zu Zögern willigt sie ein und fragt was ich denn geplant hätte. „Das verrate ich noch nicht", entgegne ich, „lass dich überraschen".

Wir verabreden uns für 19:00 Uhr an der Subway West 4th Street Washington Square Station, in der Nähe von West Village, Manhattan.

Schier erschlagen von den Eindrücken mache ich mich auf den Heimweg.

Zuhause angekommen mache ich mir noch einige Notizen für eventuelle weitere Artikel über die Arbeit der Bürgerinitiative und lande danach erst mal auf der Couch.

VI. Der Abend im Blue Note

Samstag Abend. Nachdem ich am Nachmittag mein Apartment wieder einigermaßen ordentlich und sauber hergerichtet habe, bereite ich mich auf die Verabredung mit May vor.

Frisch geduscht, ordentlich rasiert und mit sauber gestutztem Kinnbart stehe ich vor meinem Kleiderschrank.

Draußen sind ganz angenehme Temperaturen, und ich entscheide mich für meine Lieblingsklamotten: Braune Halbschuhe, Blue Jeans mit Hosenträgern, ein englisches langärmeliges Hemd aus weißem Twill mit Umschlagmanschetten und einem modernen Semi-Cutaway Kragen. Darüber eine Ärmellose Weste. Die echt silbernen Manschettenknöpfe, die ich anziehe, habe ich vor einigen Jahren auf einem Flohmarkt in Paris erworben. Dazu noch ein guter Duft, ein Klassiker von Guerlain, ebenfalls aus Paris - und es kann los gehen.

Gespannt auf den Abend mit May mache ich mich zu Fuß auf den Weg zum Treffpunkt, der nur einen kurzen Marsch von einer halben Stunde von hier entfernt ist.

Mein Weg führ mich vorbei am Park Washington Square, wo bei dem schönen Wetter immer einige Leute unterwegs sind.

Gut gelaunt und ein paar Minuten vor der verabredeten Zeit komme ich zur Subway Station.

Schon von Weitem erkenne ich May. Sie schaut in eine andere Richtung und hat mich daher noch nicht bemerkt.

Mit einem betont coolen „Hi May" begrüße ich May, woraufhin sie sich zu mir umdreht.

Sie erwidert meinen Gruß, und sprachlos schaue ich mir die Dame meines Abends an.

Sie trägt ihr tief schwarzes Haar streng nach hinten als Pferdeschwanz, der mit einem roten Tuch gebunden ist.

Bekleidet ist sie mit einem perfekt sitzendem Kostüm aus tiefblauem eleganten Wollstoff. Zu dem knielangen Rock trägt sie anthrazit farbige Strümpfe. Die Schuhe sind rote Pumps mit mittelhohen Absätzen. Unter dem Jackett trägt sie ein schlichtes strahlend weißes Hemd - hoch geschlossen mit einer kleinen roten Seidenfliege.

Das Tuch in den Haaren, der Lippenstift, die Fliege, der Nagellack und die Pumps haben exakt den gleichen roten Farbton und ergeben einen intensiven aber sehr geschmackvollen Kontrast zu ihrer dunklen Haut. Und das hochgeschlossene weiße Hemd…cool und sexy zugleich!

Ganz langsam dringt auch ihr Duft in meine Nase, ein klassischer aber unaufdringlicher Duft. Ich glaube Nuancen von Maiglöckchen herauszuriechen.

So steht May nun vor mir und lächelt sanft.

Was für eine umwerfende Lady, denke ich, und platze fast vor Freude auf diesen Abend!

May fragt was ich denn für den Abend geplant habe. Ich sage nur sie soll sich überraschen lassen.

Gemeinsam machen wir uns auf den Weg in Richtung 6th Avenue. Dann biegen wir in die West 3rd Street ein, und es wird klar, wohin es gehen könnte. Aus diversen Jazz-Clubs dringt Musik nach außen, und internationales Publikum bevölkert die Straße.

Wir erreichen unser Ziel: Das „Blue note" - einen der angesagtesten Jazz-Clubs im Herzen von Manhattan!

Viele Weltstars haben hier schon gespielt, und Newcomer wurden hier entdeckt. Ich konnte zwei Karten für ein Konzert mit dem weltbekannten Drummer Stanton Moore ergattern. Moore stammt aus New Orleans, und ist ein begnadeter Jazz- und Funk-Schlagzeuger. Er spielt heute als Trio mit einem Pianisten und einem Bassisten.

Hoffentlich gefällt es May, denke ich.

Wir gehen hinein und bekommen einen Tisch vor der kleinen Bühne.

Ich liebe diese Club-Konzerte. Sie finden in gemütlicher Atmosphäre vor einem kleinen und meist auch interessierten und fachkundigem Publikum statt. Vorher kann man sich aus einer kleinen Auswahl von Speisen etwas aussuchen und für das Konzert stärken.

May überläßt mir die Wahl, und ich bestelle uns als Drink zwei Americanos, eine herb-frische Mischung aus einem Teil rotem Vermouth und einem Teil Campari mit Eiswürfeln. Als Snack bestelle ich Crispy Shrimps und gebackene Muscheln mit verschiedenen Dips. Seafood hat eine lange Tradition in New York, schließlich liegt die Stadt direkt am Atlantik, und einige Stadtteile befinden sich sogar auf Halbinseln oder Inseln.

Der Club füllt sich, die Gäste die etwas Essen wollten, haben es getan, und alle sind mit Drinks versorgt.

Wie üblich wird unmittelbar vor dem Konzert darum gebeten die Handys auszuschalten und Gespräche zu minimieren.

Wer hier her kommt erwartet zurecht Weltklasse Jazz-Musik, und bekommt sie auch. Dazu gehören in etablierten Clubs wie diesem hier gegenseitige Rücksichtnahme. Ich schätze diese Atmosphäre sehr.

Mit einem sensationellen Drum-Solo von Moore beginnt das Konzert. Sein Spiel ist kraftvoll und virtuos zugleich, und reißt das Publikum innerhalb kurzer Zeit mit.
Auch May kann kaum noch still sitzen und schein die Musik, die sie vorher nicht kannte, zu genießen.
Froh und erleichtert daß meine Wahl für den Abend ihren Geschmack getroffen hat, genieße ich die Musik - und die Nähe von May...
Es geht mir gut wie schon lange nicht mehr. Anscheinend merke ich jetzt was mir gefehlt hat.
Nach einigen Zugaben verlassen wir gut drei Stunden später das Blue note.
Inzwischen ist es dunkel geworden, aber auf den Straßen dieses beliebten Viertels herrscht immer noch reges Treiben.

Schon wieder mal hungrig geworden frage ich May ob sie Lust auf eine Portion Pommes Frites hat, und zwar echte Pommes Frites.
Etwas erstaunt aber spontan sagt sie ja.

In der Tat gibt es, und das ist kein Witz, einen belgischen Imbiss hier gleich um die Ecke. wir gehen hin und ich kaufe uns eine große Tüte belgische Fritten, natürlich mit Mayonnaise, und dazu 2 Dosen belgisches Klosterbier. Die Dosen müssen natürlich, wie alle alkoholischen Getränke in New

York, in die typischen braunen Papiertüten verschwinden.

Wir gehen in den Park Washington Square gleich nebenan, und machen uns auf einer Parkbank über den nächtlichen Imbiss her. Die Stimmung ist gelöst und wir unterhalten uns gut. May erzählt mir viel von sich. Ihre Vorfahren kamen, so wie viele Afro-amerikaner, ursprünglich als Sklaven nach Amerika.

Selbst ihre Eltern haben noch die letzten Relikte der Rassentrennung hautnah miterlebt. Bis in die Fünfziger Jahre herrschte besonders im Süden der USA noch immer die Rassentrennung. Schwarze durften in Restaurants nicht neben Weißen sitzen, wurden von Wahlen ausgeschlossen, und so weiter.
Es gab sogar getrennte Schulbusse für Schwarze und Weiße.

Mays Eltern beschlossen damals dem noch sehr reaktionären Süden der USA den Rücken zu kehren, und wanderten nach New York aus, wo May zur Welt kam.
In dem viel liberaleren gesellschaftlichen Klima von New York suchten und fanden sie ihr kleines Glück.
Trotz geringen Einkommens ermöglichten ihre Eltern May den Besuch einer High-school und danach ein Jura-Studium.

Heute ist May Rechtsanwältin mit einer eigenen kleinen Kanzlei in Harlem, und in ihrer Freizeit unterstützt sie die Bürger-initiative in Harlem, zu deren Sprecherin sie jetzt geworden ist, in einer Zeit, wo es um das Überleben dieser Initiative geht.

Aufmerksam höre ich ihr zu, und denke: Die Welt braucht mehr Menschen wie May. Viel mehr!

Wir beenden den gemeinsamen Abend, aber vorher hat May noch eine Überra-schung für mich: Am morgigen Sonntag haben mich ihre Eltern zum Gottesdienst in Harlem und anschließend zum Mittages-sen eingeladen.

Ich rufe ein Yellow Cab das May nach Hau-se bringen soll, und mache mich zu Fuß auf den Weg in mein Apartment.

Unterwegs genieße ich die Abendluft, und aus den Jazz-Clubs dringt noch immer die Musik der verschiedenen Konzerte auf die Straße.

Frank Sinatra hat schon Recht wenn er über New York City singt: „The City that never sleeps".

VII. Der Sonntag in Harlem

Es ist ein sonniger Sonntagmorgen, und pünktlich um zehn Uhr erreichte ich die kleine Kirche in Harlem. Vor dem Eingang wartet schon May, begrüßt mich herzlich, und stellt mich ihren Eltern vor.

Mays Mutter ist eine Frau von kleiner und zarter Gestalt, und ihre gebückte Haltung läßt sie sehr zerbrechlich erscheinen. Sie arbeitete früher in einem der typisch New Yorker Grocery Stores, diese kleinen, meist inhabergeführten, Lebensmittelläden, die oft auch eine „Delicatessen"-Theke hatten, wo man sich warme Speisen zum mitnehmen zusammenstellen kann. Meist haben diese Läden lange Öffnungszeiten von früh Morgens bis tief in die Nacht. Sie hilft Lucille, der Köchin der Bürgerinitiative, regelmäßig in der Küche.

Mays Vater ist trotz seines Alters noch ein stattlicher Mann. Seine Hände verraten daß er in seinem Leben viel gearbeitet hat. Er hat als Elektriker in verschiedenen Handwerksbetrieben gearbeitet. Heute, als Ruheständler, repariert er Elektrogeräte für die Bürgerinitiative.

Gemeinsam gehen wir in die gut gefüllte Kirche. Viele Blicke der anwesenden Gottesdienstbesuches richten sich auf May und mich. Anscheinend haben einige meinen Artikel im Chronicle gelesen, oder es wurde ihnen davon berichtet.

Unvermittelt beginnen einige Anwesende zu klatschen, und nach und nach applaudieren immer mehr Menschen und erheben sich von den Bänken.

Verwundert schaue ich May an, und sie erklärt mir daß die Leute hier es nicht gewohnt sind daß man von ihnen und ihren Problemen Notiz nimmt, oder sie sogar unterstützt. Mein Artikel hätte eine breite Öffentlichkeit auf den geplanten Abriss des Hauses der Bürgerinitiative aufmerksam gemacht. Nun könne die Investment-Bank nicht mehr ohne die Gefahr von Image Verlust oder stärkerer Gegenwehr agieren.

Ich sage May daß ich doch nichts anderes als einfach nur meinen Job gemacht habe.

Mir wird die Tragweite dieses Auftrages immer stärker bewußt, und ich muß erneut unwillkürlich an die merkwürdigen beiden Gestalten denken, die mich schon zweimal beobachtet haben.

Bewußt wird mir auch, daß sich meine Gedanken immer mehr um May drehen, viel mehr...

Der Organist an der altgedienten klassischen Hammond Orgel haut gewaltig in die Tasten und reißt mich aus meinen Gedanken.

Der Prediger betritt die kleine Bühne, und dahinter nimmt der Gospel-Chor, den ich ja schon in der Probe erleben durfte, Aufstellung. Ich schätze daß bei den farbenroh gekleideten Sängerinnen und Sänger alle Altersstufen von zehn bis neunzig Jahren vertreten sind.

Mit einem fulminanten Chorgesang, ergänzt durch mitreißende Soli, beginnt der Gottesdienst in dieser kleinen Kirche, die sich übrigens „Harlem-Hope-Church" nennt.

Der Prediger zitiert temperamentvoll und in bildlicher Sprache aus Bibelversen, spricht über Nächstenliebe und gegenseitige Hilfe, und beschließt seine Rede mit einigen aktuellen Information zur Bürgerinitiative, die er als „bestes Beispiel *gelebter* Nächstenliebe" bezeichnet.

Es folgen noch ein paar Lieder des Gospel-Chores. Sie sind so mitreißend daß sich jedes Kind, jede Frau und jeder Mann in diesem Raum von den Plätzen erhebt und mit singt, mit klatscht, und einige tanzen sogar mit.

Ich bin ergriffen wie ein kleiner Junge an Weihnachten.

Dieser Mikrokosmos in New York, in meiner Heimatstadt, nur ein paar Viertel von meinem Zuhause entfernt, war mir bisher völlig fremd.

Als großer Freund der Jazz und Funk Musk glaube ich schon lange an die Kraft der

Musik, aber was ich hier erlebe, ist fast schon magisch. Ich kann mich der Faszination nicht erwehren. Und ich will es auch nicht.
Ich spüre Leben in mir.

Nach dem Gottesdienst, oder wie man hier sagt, dem „Sunday-Service", stehen wir noch mit einigen Mitgliedern der Gemeinde vor der Kirche.
Es wird lebhaft gesprochen, viel gelacht, und man merkt daß eine Zusammenkunft wie diese hier die Menschen für einen Augenblick aus ihrem oft harten Alltag herausreißt. Sie tanken ganz offensichtlich Kraft, und vergessen für eine Weile ihre Sorgen.

Mays Stimme reißt mich mit einem „hey Ronny, was träumst du" aus meinem Gedankenkarussell.
Sie hakt mich ein, und ihre Frage, ob ich Hunger habe beantworte ich spontan mit einem „aber wie verrückt".
Gemeinsam mit ihren Eltern gehen wir los. Wir gehen auf der 125th Street, der Hauptachse von Harlem, nach Westen hinunter, und nach ein paar Blocks erreichen wir ein kleines Restaurant: „Mannas Soul Food" steht auf der dunkelrot gestrichenen Backsteinfassade.

Im Restaurant herrscht schon reges Treiben, und aus der Pendeltür zur Küche erscheint die Chefin, die auch gleichzeitig die Chefköchin ist: Eine temperamentvolle Schwarze Lady von etwa sechzig Jahren. Sie ist nicht sehr groß, aber dafür umso breiter, trägt eine lange weiße Schürze, und begrüßt uns mit einem superbreiten Lächeln, bei dem selbst der Ex-Präsident Jimmy Carter vor Neid erblaßt wäre. (Jimmy Carter, Präsident der USA von 1977 bis 1981, war für sein breites Lächeln bekannt)
Sie begleitet uns zu unserem Tisch und stellt uns das Sonntags Menu vor.

Typisch für Restaurants wie dieses hier ist das „Soul Food", übersetzt „Seelennahrung", und Soul Food ist die typische Küche der Afroamerikaner. Man findet diese Küche überall in den Südstaaten der USA, oder in Großstadtvierteln mit der entsprechenden Bevölkerungsmehrheit, also auch hier in Harlem.
Feste traditionelle Bestandteile der Soul Food Küche waren und sind preiswerte Zutaten, und einige von ihnen sind völlig zurecht beliebt und bekannt geworden, und sind heute international zu finden: Knusprige Chicken-Wings und würzige Spareribs sind die Stars des Soul Food.
Es gibt aber auch derbe Innereien vom Schwein, die Chitterlings, und knusprige

Schweinsfüße, so wie man sie eigentlich aus der französischen Küche kennt.

Aus der indianischen Küche Nordamerikas haben sich verschiedene Zubereitungsformen von Mais dazu gesellt.

Auf Empfehlung von Mays Eltern nehmen wir einen „Family Lunch", eine Auswahl von Speisen quer durch die Soul Food Küche für vier Personen, damit ich von allem mal probieren kann. Dazu wird gerne Eistee getrunken, aber ich bestelle zur Feier des Tages noch eine Flasche Wein dazu. Die Winzer der US-Westküste, speziell im Norden Kaliforniens, haben im Laufe der Jahre hervorragende Weine auf den Markt gebracht.

Die Stimmung an diesem Sonntag Mittag ist gut. Das Essen schmeckt hervorragend, die Gespräche sind interessant, und es wird viel gelacht.

Mays Eltern hatten nie die Chance auf eine gute Highschool Ausbildung gehabt, sind aber ganz offensichtlich intelligente Zeitgenossen mit einer guten Allgemeinbildung. Es macht Freude sich mit ihnen zu unterhalten.

Das köstliche Sonntagsmahl geht zu Ende, und viele Reste haben wir nicht übrig gelassen, dafür war es einfach zu gut.

Fehlt nur noch ein leckeres Dessert, und da gibt es etwas, was sehr beliebt und ty-

pisch für diese Stadt ist, etwas was jedoch nicht aus dem Soul Food kommt:
Den legendäre New-York-Cheesecake!
Er besteht aus einem dünnen knusprigen Boden, darauf kommt die ultra-cremige Mischung aus Frischkäse, Sauerrahm und Schlagsahne, abgeschmeckt mit Zucker und feiner Vanille. Auf den Kuchen kommt noch eine köstliche Erdbeersauce.
Dieses Dessert ist einfach ein Muss hier in New York!
Gut gelaunt verlassen wir schließlich das Restaurant. Ich bedanke mich bei Mays Eltern für die Einladung und die schönen Stunden. Sie gehen zurück nach Hause. May und ich sehen ihnen noch kurz hinterher. Ihre Eltern gehen Hand in Hand, wahrscheinlich genauso wie vor Jahrzehnten als sie sich kennenlernten. Ein schöner Anblick. Irgendwie wohltuend warm und positiv in einer immer kälter und härter werdenden Gesellschaft.

May fragt mich ob ich heute Abend schon etwas vorhätte, was ich verneine.

Nach einem kurzen Moment des Nachdenkens und des Schweigens unterbreche ich die Stille, und frage May ob sie Lust auf eine kleine Überraschung hat.

„Ich liebe Überraschungen" antwortet sie ohne zu zögern.

Ich bitte sie um ihre Adresse, und frage ob es okay ist, wenn ich sie so gegen achtzehn Uhr dort abhole.
Nach ihrem zustimmenden Nicken verabschieden wir uns mit einer Umarmung, und ich mache mich mit der Subway wieder auf den Weg Downtown, nach Süden, nach Chinatown.

Als ich die Treppen meiner Subway Station hochsteige, höre ich sie schon…, die alte Chinesin, die selbst am Sonntagnachmittag mit ihrem ohrenbetäubenden Gekreische ihre Lotterielose anpreist.

Welcome to Chinatown…

VIII. Nights on Broadway

Man sagt ja, und daß habe auch ich schon mehrfach erlebt, daß man die eigene Heimatstadt nicht so gut kennt wie manche Touristen, die bewaffnet mit Reiseführern und allerlei Ausflugstips aus dem Internet zu Besuch kommen.

Das hat mich auf eine Idee gebracht, und zu dieser Idee gehört ein alter Bekannter.
Dieser alte Wegbegleiter trägt den Namen Ben. Ben wohnt wie ich im einigermaßen erschwinglichen Chinatown, denn seine Rente ist nicht gerade hoch.
Ben ist ehemaliger Yellow Cab Fahrer, und wahrscheinlich - nein, ganz bestimmt - gibt es keinen der sich in diesem Großstadtdschungel so gut auskennt wie er.
Gelegentlich fährt er, um seine Rente aufzubessern, noch eine Tour für seinen ehemaligen Arbeitgeber, und dieser hat extra für diese Sondertouren Bens altes Taxi behalten, und pflegt es liebevoll:
Einen Checker A11 Marathon, daß legendäre Yellow Cab der Sechzigerjahre!
Eigentlich wurde das letzte Fahrzeug dieser Bauart schon 1999 aus dem regulären Taxi Verkehr genommen, aber einige wenige wurden erhalten, liebevoll restauriert, und werden für spezielle Fahrten wie zum Beispiel Hochzeiten oder Filmaufnahmen eingesetzt.

Mit genau so einem Klassiker holt Ben mich ab, und der ruhig blubbernde Achtzylinder schaukelt uns nach Harlem.

Nach einer gemütlichen Fahrt kommen wir an Mays Adresse an. Sie steht bereits vor der Tür, und sieht schon etwas verblüfft aus.

Einen Checker A11 hätte sie nicht erwartet. Ich stelle sie Ben vor, und sie fragt was ich denn geplant hätte.

„Eine kleine Stadtrundfahrt" antworte ich und ernte einen erstaunten Blick. „Ähm, ich kenne New York City, ich bin hier geboren", bemerkt sie mit hochgezogenen Augenbrauen.

„Und wann hast Du zum letzten Mal eine Rundfahrt durch deine Stadt gemacht", frage ich sie. „Noch nie" ist ihre knappe Antwort.

Mit einem „dann wird's aber Zeit" öffne ich ihr die Tür, und wir nehmen auf der schwarzen Lederbank im Fond des geräumigen knallgelben Taxi-Veteranen Platz.

Meine Bemerkung eine „kleine" Stadtrundfahrt ist schon zutreffend für daß was ich geplant habe, denn eine „große" Stadtrundfahrt würde mehr als nur die Halbinsel Manhattan umfassen. Wollten wir uns auch noch Queens, the Bronx und das flächenmäßig riesige Brooklyn anschauen, dann bräuchten wir Tage, wenn nicht sogar Wochen!

Also beschränkt sich die Rundfahrt auf die ehemals von Indianern bewohnte Halbinsel Manhattan, die im Westen vom Hudson River, im Osten vom East River, und im Norden vom Harlem River begrenzt wird. Im Sprachgebrauch sagt man zu Manhattan meist einfach nur „New York City".

Und was für eine City das ist! Auf der Halbinsel selber leben dauerhaft nur etwa zwei Millionen Menschen, aber Tag für Tag pendeln etwa die gleiche Anzahl an Menschen nach Manhattan ein!

Ben fährt erst mal nach Osten. Schon bald stoßen wir auf den East River, und fahren den FDR Drive nach Süden, also immer am Fluß entlang.

Hier sieht man schon bald Roosevelt Island, eine lang gezogene Insel im East River, und schon eine der riesigen Brücken, die den Fluß überspannen, die nach dem populären New Yorker Ex-Bürgermeister Ed Koch benannte Ed-Koch-Queensboro-Bridge.

Parallel zur Brücke gibt es eine große Seilbahn, mit der man ebenfalls den Fluß überqueren kann, oder auf die Insel Roosevelt Island gelangt, die ebenfalls bewohnt ist.

Kurze Zeit später kommen wir am Gebäude der Vereinten Nationen vorbei, ein Bild daß man aus den Fernsehnachrichten kennt.

An der Kreuzung Ecke 42nd. Street bietet sich der Blick auf den meiner Meinung nach schönsten Wolkenkratzer, das Chrysler Building. Mit seiner glänzenden Metallspitze und den Elementen der Art Déco ist es ein wahrlich ästhetisches Bauwerk. Es wurde 1928 bis 1930 während der Weltwirtschaftskrise erbaut, und ist für die damalige Zeit unglaubliche 319 Meter hoch!

Schon ein paar Blocks weiter südwärts, an der Ecke zur 34nd. Street, kann man einen Blick auf das wohl bekannteste Bauwerk der Stadt werfen: Das Empire-State-Building!
Es wurde in der Rekordzeit von weniger als 2 Jahren 1930/31 gebaut, und die höchste Etage, Etage No. 102, ist in 373 Meter Höhe. Die Höhe bis zur Spitze beträgt exakt 443,20 Meter. Das Empire-State-Building wurde ebenfalls im Art Déco Stil erbaut.
Es verfügt über 73 Aufzüge, und in der Empfangshalle, auf Aufzugtüren, an der Decke und vielen weiteren Stellen ist es mit Art Deco Motiven reich verziert.

May schaut sich alles interessiert an, und stellt fest, daß man sich als Einheimische eigentlich nie die Zeit nimmt, die Heimatstadt mal in aller Ruhe und Achtsamkeit zu betrachten. Die Hektik des Alltages -

und die Allgegenwärtigkeit unserer Smart-
phones - rauben uns den Blick für die Realität um uns herum, sei sie nun häßlich,
oder schön. Viele Menschen werden irgendwie blind für ihre Umwelt.

Ich glaube May hat verstanden was ich mit
der Fahrt vorhabe.

Weiter südwärts bieten sich phantastische
Ausblicke auf die drei richtig großen Brücken die den East River überspannen und
die Südspitze Manhattans mit Brooklyn
verbinden:

Die Williamsburg-Bridge, die Manhattan-
Bridge und die Brooklyn-Bridge. Hundert-
tausende von Menschen passieren täglich
diese gewaltigen, aber dennoch schönen
Bauwerke, die bei Dunkelheit beleuchtet
noch imposanter wirken!

Ben biegt nach Westen in den Financial
District ein, und man hat fast schon ein
beklemmendes Gefühl wenn man als win-
ziger Mensch in diesen urbanen Dschungel
aus Beton, Metall und Glas hineinfährt, in
diese gewaltigen Schluchten aus Hochhäusern.

Unsere Fahrt geht nun zurück nordwärts,
und über den Broadway und die ebenso
berühmte 5th Avenue geht es vorbei am
Flatiron Building (Bügeleisen Haus), einem
dreieckigen Hochhaus, das seinen Grund-
riss dem letzten verbliebenen schmalen

dreieckigen Grundstück zu verdanken hat, direkt gegenüber vom Madison Square Park.

Weiter auf der 5th Avenue passieren wir den Bryants Park, die berühmte geschichtsträchtige St.Patricks Kathedrale und den protzigen Trump Tower, und schließlich erreichen wir den Central Park, die grüne Lunge Manhattans.
Musikliebhabern auf aller Welt ist der Park bekannt durch das Benefiz Konzert des bekannten New Yorker Duos Simon & Garfunkel.
1981, beim „Concert in the Park", verfolgten über eine halbe Million Menschen live das großartige Konzert der beiden Söhne der Stadt. Das Konzert sollte Geld einspielen für Sanierungsprojekte für das damals etwas heruntergekommene Manhattan.
Ben macht wieder eine Kehre Richtung Süden, und vorbei am Komplex des Rockefeller Center und vorbei an der Glitzerwelt des Times Square geht es in Richtung der wirklichen Attraktion des Abends...

Pünktlich zu vorgesehenen Zeit erreichen wir den Madison Square Garden, eine riesige Sport-Arena die über einem großen Bahnhof, der Pennsylvania Station, kurz Pen Station genannt, erbaut wurde. Man sagt der Madison Square Garden sei die berühmteste Arena der Welt. Das mag wohl stimmen, denn hier traten schon unzählige Weltstars auf. Außerdem ist die Arena Schauplatz von Eishockey und Basketball Spielen.

Heute gibt es hier ein Konzert von Billy Joel, einem anderen berühmten Sohn der Stadt. Und dieser Künstler, den die Menschen hier in New York wohl mehr lieben als jeden anderen, gibt hier seit Jahren alle paar Wochen ein Konzert. Alle paar Wochen? Druckfehler? Nein! Es sind nun schon 65 Konzerte in Folge vor jeweils ausverkauften 20.000 Plätzen! Und ich habe zwei Karten für heute Abend ergattert!

Dieser Mann, in der Bronx geboren, verkörpert den amerikanischen Traum. Sein deutscher Vater wanderte zu Beginn der Judenverfolgung von Deutschland nach New York aus, seine Mutter stammte aus Großbritannien.

Nach einigen Fehlschlägen in Sachen Musik arbeitete er unter anderem unter einem Synonym in Piano Bars.

Doch nach der Veröffentlichung des Albums „Piano Man" im Jahre 1973 begann seine Weltkarriere.

In „Piano Man" verarbeitet er seine eigene Geschichte, und das ist es, was Billy Joel ausmacht: Er ist ein Geschichtenerzähler mit einer unglaublichen musikalischen Genialität und Vielfalt.

Viele seiner Liedtexte laden zum genauen hinhören ein, ob er in „Allentown" die Geschichte von Stahlarbeitern beschreibt, oder in „Scenes from an Italian Restaurant" die Atmosphäre in einem italienischen Restaurant wiedergibt, oder seine eigene Vergangenheit in dem Welthit „Piano Man". So ist es auch nicht verwunderlich, daß viele New Yorker ihn einfach nur „Piano Man" nennen.

May und ich haben gute Plätze auf den Rängen. Da sieht und hört man gut, und es gibt kein Gedränge.
Die Musiker betreten die Bühne. Viele von ihnen, wie etwa der Saxophonist Mark Rivera, begleiten Billy schon seit Jahrzehnten.
Und dann kommt der „Piano Man", setzt sich an den Flügel, und innerhalb von Sekunden herrscht eine unglaubliche Stimmung in der ausverkauften Arena.
Die Musiker haben sichtlich Spaß und verstehen sich blind, und die Bühnenpräsenz von Billy ist wieder einmal einzigartig.
Und wieder einmal singen bei dem Titel „Piano Man" alle zwanzigtausend Menschen in der Arena mit, und zwar vom ersten bis zum letzten Buchstaben.
Nach gut zwei Stunden mitreißender, aber auch gefühlvoller Musik, endet das Konzert mit langem Applaus.

May hat es ganz offensichtlich sehr gut gefallen, und sie wirkt gelöst und zufrieden.

Ich glaube May ist glücklich. Und ich bin es auch, und ich muß mir eingestehen, daß das nicht nur an dem phantastischen Konzert liegt.

Ich möchte gerne noch etwas trinken, und so gehen wir ein paar Blocks nordwärts zum Times Square. Unser Ziel ist aber nicht etwa das dortige „Hard Rock Café", sondern eine exklusive Rooftop Bar auf der Dachterrasse eines großen Hotels, hoch oben über der Stadt.

Mit dem einzigartigen Ausblick auf die Lichterwelt von New York City genießen wir fast wortlos unsere Drinks, einen „Americano" und einen „Summer Breeze".

May und ich müßen erst mal die Eindrücke des tollen Konzertes verarbeiten.

Die Zeit an diesem Sonntagabend ist wie im Fluge vergangen und es ist schon spät.

Wir müssen beide morgen früh wieder an die Arbeit, und so verlassen wir die Bar und unten auf der Straße stoppe ich ein Yellow Cab für May. Das ist in New York City tatsächlich so wie in den Filmen. Es gibt eigentlich fast immer und überall ein Yellow Cab, daß einen zuverlässig transportiert. Ein Winken oder ein Pfiff genügen meistens.

May und ich verabschieden uns mit einer herzlichen Umarmung und einem langen wortlosen Blick in unsere Augen.

In einem dieser modernen und umweltfreundlichen Hybrid Taxis fährt sie nach Hause, und ich gehe runter in die Subway und mache mich auch auf den Heimweg.

Wieder einmal steht mir eine arbeitsreiche Woche bevor. Die Dollars kommen nicht von allein auf mein Konto.

Und Mike, mein Redaktionsleiter, hat ganz bestimmt wieder Aufträge für mich, die am Besten bis gestern erledigt haben soll.

Ich komme an meiner Subway Station, der Grand Street Station, an.

Es ist so verdächtig ruhig, irgendwas fehlt hier, denke ich…

Richtig, die alte Chinesin hockt nicht mehr am Eingang um mit ihrem Krakeele ihre Lose zu verkaufen! Hätte nicht gedacht daß sie auch mal Schlafen geht.

IX. Widerstände

Montagmorgen. Ich stehe noch mehr schlafend als wach unter der Dusche und betrachte die kleinen schwarzen Stockflecken auf dem Duschvorhang. Eigentlich wollte ich dieses ekelige verschlissene alte Teil, das beim Duschen immer irgendwie am Körper kleben bleiben will, schon längst ausgetauscht haben. Eigentlich. Egal.
Ich genieße das warme Nass das mir wohlig warm den Rücken herunterläuft. Seit einer Reise durch Indien ist mir erst bewußt geworden, daß solche Dinge wie sauberes Wasser für viele Menschen auf der Welt längst nicht selbstverständlich sind.

Meine Augen sind geschlossen, doch im Geiste, oder wie ich immer sage vor meinem inneren Auge, sehe ich die Bilder von Frauen in bunten Gewändern und mit Gefäßen auf dem Kopf, die kilometerweit für ein paar Liter sauberes Wasser laufen müssen.

So richtig wach werde ich erst beim Rasieren. Seit ein paar Jahren bevorzuge ich wieder die Nassrasur mit einem altmodischen, oder sagen wir klassischen, Rasierhobel. Da kommt nur eine einfache Rasierklinge rein, und das war es. Etwas Ra-

sierseife wird mit dem Rasierpinsel aufge-
schäumt, und es kann losgehen. Danach
fühle ich mich so richtig frisch und sauber.
dieses Gefühl hatte ich bei einer Trocken-
rasur mit einem elektrischen Rasierappa-
rat nie.
Und überhaupt mag ich dieses frische Gefühl am Morgen. Ich mag das Gefühl des
kühlen und glatten Baumwollstoffes eines
frischen und glatt gebügelten Hemdes auf
meiner frisch geduschten Haut.
Ich mache mich auf den Weg zu meinem
Frühstücksrestaurant, wo mich Mary, meine Lieblings-Servicekraft, mit einem herz-
erfrischenden und strahlenden Lächeln
freundlich begrüßt.
Unter ihrer langen königsblauen Schürze
trägt sie ein blütenweißes klassisches
Hemd und knackig sitzende Blue-Jeans,
und ihre schönen kastanienbraunen Haare
sind von einem blauen Band zum Pferdeschwanz gebunden.
Wie immer bringt sie mir mein „Full Irish
Breakfast", und sorgt dafür daß meine
Kaffeetasse nie leer wird.
Menschen wie sie bringen jeden Tag etwas
Wärme und Menschlichkeit in den Alltag
dieser hektischen Großstadt.
Gut gelaunt genieße ich mein Frühstück,
das beim Anblick dieser freundlichen und
schönen Frau gleich nochmal so gut
schmeckt.

Gespannt darauf was diese Woche alles bringen mag, mache ich mich auf den Weg in die Subway, auf den Weg in die schmutzigen, miefigen und mit Abertausenden von Menschen gefüllten Eingeweide im Untergrund dieser Stadt.

Und wie jeden Morgen und jeden Abend während der Woche rasen mit Menschen prall gefüllte silberne Würmer aus Stahl und Aluminium ratternd und quietschend durch die Dunkelheit, und in jedem einzelnen der Waggons hat man das Gefühl, daß hier ein Querschnitt aller Hautfarben und aller Religionen dieses Planeten vertreten ist. New York ist wirklich ein Schmelztiegel für Menschen aus der ganzen Welt. New York ist für viele Menschen die Hoffnung auf das kleine Glück, und wird doch auch für viele von ihnen nur ein Ort der geplatzten Träume.

That´s Life...

In der Lokalredaktion ist schon gewaltig was los. Kaum an meinem Schreibtisch angekommen stürmt Mike auf mich zu. Mit einem „da haben wir aber ganz tief in ein Wespennest gestochen" begrüßt er mich. Einige Schweißperlen auf der Stirn und sein einigermaßen roter Kopf zeigen mir das er heute trotz der noch frühen Stunde schon voll in Fahrt war.

Er berichtet von zahlreichen Anrufen in der Zentrale, wo Menschen aus ganz Harlem sich für die Berichterstattung bedanken. Sie zeigten sich dankbar dafür daß endlich auch mal über ihre Probleme berichtet wird, über die Probleme „der kleinen Leute".

Und sie erhoffen sich natürlich die Rettung des alten Hauses, in der die Mitglieder Bürgerinitiative in täglicher selbstloser Arbeit so viel Gutes für bedürftige Menschen ihres Viertels tun.

Aber es gibt auch Probleme, berichtet Mike mit ernster Mine. Der Vorstand der Investment-Bank, die das Haus abreißen lassen will, ist zutiefst verärgert. Aufgrund der Berichterstattung kann der Abriss nun nicht mehr wie geplant schnell und ohne große Öffentlichkeit vonstattengehen. Und nichts fürchten diese Bankiers und Börsenmogule mehr als als negatives Image und Journalisten die ihnen auf die Finger schauen.

Und wie schon mal sage ich zu Mike, daß die Reaktion der Bank zeigt daß wir alles richtig gemacht haben.

Journalisten dürfen sich nicht wegducken, dürfen nicht vor Geld oder Obrigkeiten kuschen. „Journalisten wie wir sind der Wahrheit verpflichtet", sage ich zu Mike.

Er nickt zustimmend und sagt einen kleinen Satz, der noch viel Bedeutung für mich haben wird. Mit ernster Mine und ruhiger Stimme sagt er:

„Wir haben uns Feinde gemacht, mächtige und einflußreiche Feinde".

Mike berichtet mir von einem Anruf des Generaldirektors unserer Zeitung, den er schon am frühen Morgen erhielt. Dieser hat Mike in eindringlichen Worten die Reaktion des CEO der Investment-Bank geschildert.
Dieser knallharte Wall Street Manager versucht massiv Druck auszuüben, und droht mit allerlei negativen Konsequenzen für unsere Zeitung, falls wir nicht augenblicklich aufhören über „die Angelegenheit in Harlem" zu berichten.
Glücklicherweise ist unser Blatt wirtschaftlich stabil, und wir haben grünes Licht von Oben mit unserer Berichterstattung fortzufahren.

In Mike habe ich einen guten Verbündeten, denn ich weiß daß er diese aalglatten Wall Street Finanzjongleure genauso wenig mag wie ich. Vielen dieser Typen ist nichts heilig - außer das eigene Bankkonto. Viele dieser Typen sind im wahrsten Sinne des Wortes „wertlos". Das klingt zynisch, ist es vielleicht auch, aber denen steht das Geld über der Menschlichkeit, und die Aktienkurse an der Börse sind ihnen wichtiger als alles Andere.

Werte wie Menschlichkeit, Nachhaltigkeit, Gerechtigkeit oder Umweltschutz sind für viele dieser Leute nachrangig.
Ich gebe zu, ich verachte diese Zeitgenossen.

Von Mike erhalte ich den Auftrag an der Sache in Harlem dranzubleiben, und ich schnappe mir Kamera, Notizblock und Diktiergerät und mache mich auf den Weg nach Harlem.

X. Die Katastrophe

In der 125th Street in Harlem angekommen sehe ich schon von Weitem daß es
sowieso bereits viel zu spät ist die Sache
mit dem Haus noch kleinzuhalten.
Nicht nur daß heute morgen schon viel
mehr Demonstranten auf der Straße sind
als letzte Woche, jetzt sind auch andere
Medien auf die Angelegenheit aufmerksam
geworden. Nicht weniger als drei Kamerateams diverser Fernsehkanäle sind vor
Ort. Mir wiederum ist das nicht unbedingt
recht, da einige von denen leider nur
oberflächlich berichten, und auf der Suche
nach Schlagzeilen sind.
Manche dieser sensationsgeilen Fernseh-
leute freuen sich sogar, wenn Demonstra-
tionen wie diese hier in Gewalt eskalieren,
damit sie mit ihren rüpelhaften Kamera-
männern reißerische Bilder einfangen
können, denn die bringen immer gute Einschaltquoten, und gute Einschaltquoten
ermöglichen eine Erhöhung der Preise für
Werbespots.

Irgendwie geht es am Ende doch immer
nur um Geld, und für diese Art der Journalisten gilt der alte Spruch in der Medien-
branche:

„Only bad News are good News"

("Nur schlechte Nachrichten sind gute
Nachrichten")

Ein wahrlich häßlicher Spruch. Aber nur zu
wahr.
In der Menge entdecke ich May. Sie ist
umringt von einigen Medienleuten die ihr
lautstark Fragen zurufen und ihr dabei
ihre Mikrofone vor das Gesicht halten.
Die Stimmung ist aufgeheizt und ich bah-
ne mir den Weg zu May. Mit schnellen
Schritten verlassen wir das Gedränge und
gehen in das Haus. Der Meute der Fern-
sehleute wird der Zugang verwehrt, und
wir können uns erst mal beruhigen und zu
Atem kommen.

May berichtet mir von den Reaktionen der
Community hier, und daß es viel Zuspruch
für meine sachliche Berichterstattung gibt.
Ich kann ihr erzählen daß ich weiter über
das Thema berichten darf, und heute weitere Interviews und Fotos von Helferinnen
und Helfern der Bürgerinitiative machen
soll.
Sichtlich erfreut umarmt sie mich, um
mich dann sogleich geeigneten Interview-
partnern vorzustellen.

An diesem Vormittag lerne ich erneut einige Menschen kennen, vor denen ich wirklich den Hut ziehen muß, Leute wie Dan.

Dan ist ein alter Vietnam-Veteran und hat als Militärarzt in diesem grausamen Dschungelkrieg gedient, der zum Schluß etwa 58.000, meist noch sehr junge, Amerikaner das Leben gekostet hat.
Traumatisiert und schwer erkrankt durch die Nebenwirkungen übelster chemischer Kampfstoffe wie „Napalm" oder das berüchtigte Entlaubungsmittel „Agent Orange", mußte er sich selber wieder zurück in das zivile Leben kämpfen. Sein weiteres Berufsleben verbrachte er als Chirurg in einem New Yorker Krankenhaus, und heute behandelt er kostenlos arme Menschen in der Community, die sich keine Krankenversicherung leisten können.

Erst als ich mit Dan ein paar Schritte durch das Haus gehe, bemerke ich daß er eine Beinprothese trägt. Dieser verdammte unsinnige Krieg hat ihn auch noch ein Bein gekostet. Er registriert meinen erschrockenen Blick und sagt nur leise: „Eine Tellermine".
Aber sein Alter und seine eigenen gesundheitlichen Beeinträchtigungen hindern ihn nicht daran hier helfend tätig zu sein.
Zutiefst beeindruckt mache ich mit Dan ein langes Interview und einige Fotos.
Ich verabschiede mich herzlich von „Doctor Dan", wie ihn alle hier nennen.

Was für ein großartiger Mann denke ich, und was für ein unverschämtes Glück für mich, daß ich nicht ein paar Jahre früher geboren wurde, um in einen brutalen Krieg tausende Meilen von Zuhause entfernt geschickt zu werden um zu Kämpfen - und vielleicht zu sterben.

Die Welt ist nicht gerecht, denke ich, aber vielleicht kann eine gute Berichterstattung hier und da für etwas mehr Gerechtigkeit sorgen. In Momenten wie diesen liebe ich meinen Job!

Ich gehe durch den Flur des Hauses, und durch die offene Küchentür entdecke ich May, die sich mit Lucille, der Köchin und guten Seele des Hauses bespricht.
Ich gehe zu den beiden Ladies um mich zu verabschieden. Ich muß zurück in die Redaktion um aus den Informationen einen guten Artikel zu zaubern.

Lucille hat längst bemerkt daß es zwischen May und mir knistert, verabschiedet mich mit einem „Bye, Ronny", und läßt uns mit einem breiten Grinsen alleine.
Wir tauschen noch ein paar Informationen aus, und auch May und ich verabschieden uns.
„Pass auf dich auf", ruft sie mir noch nach, und ich entgegne nur: „Mach ich, was soll mir schon passieren?"

Zufrieden mit dem bisherigen Verlauf des Tages, und geradezu erschlagen von den vielen neuen Eindrücken, gehe ich durch den Flur nach vorne und bleibe noch einen kurzen Moment in der Haustüre stehen. Vor dem Haus ist immer noch eine größere Anzahl an Menschen. Ich mache noch ein Foto, um mich sogleich in Richtung Subway zu begeben.

Noch bevor ich den ersten Schritt mache, höre ich einen lauten Knall und zeitgleich spüre ich einen heftigen Schlag von vorne. Auf der Straße höre ich das Schreien entsetzter Menschen. Viele von ihnen laufen weg, andere wiederum werfen sich auf den Boden.
Erst jetzt realisiere ich was geschehen ist. Ein Schuss ist gefallen!
Mir wird mulmig, und ungläubig schaue ich an mir runter. Alles, was ich sehe, ist ein kleines rundes Loch in meiner rechten Brust.
Der Schuß galt mir - und der Schütze hat getroffen!
Sekunden später sehe ich daß sich mein Hemd inzwischen blutrot gefärbt hat, ich spüre wie das warme Blut an mir herunter rinnt. Mir wird kalt, und von meiner Stirn rinnt kalter Schweiß. Die Geräusche meiner Umgebung höre ich immer schwächer, wie von weiter Ferne her. Mein Gesichtsfeld verengt sich zu einem kleinen Kreis

und unzählige Bilder laufen in einem wahnsinnigen Tempo vor meinen Augen ab, alte Bilder, Bilder aus meiner Kindheit, ja Bilder meines ganzen Lebens.

Ich spüre wie mich meine Kräfte verlassen und wie ich erst auf die Knie sinke, und sogleich nach hinten flach auf den Boden knalle.

Das letzte was ich höre ist das entsetzte Schreien von May, und das letzte was ich verschwommen und unwirklich erkennen kann, ist das Gesicht von Dan, der über mich gebeugt an mir hantiert.

In meinen Ohren spüre ich meinen Puls, der immer unregelmäßiger, schwächer und langsamer wird, und schließlich verstummt. Das Gesicht von Dan verblaßt, und weicht einem immer heller werdenden strahlenden Kreis, gerade so als würde ich in die Sonne fliegen und darin verglühen.

Ich spüre nichts mehr, gar nichts, noch nicht einmal Schmerzen.

Meine absolut letzte Wahrnehmung ist ein zarter Hauch von Mays Parfum, und ihr gilt auch mein letzter bewußter Gedanke.

Aber kann das überhaupt sein?
Was ist Leben, was ist Tod?
Was ist das Nichts?
Gibt oder gab es mich überhaupt?
Ist Alles nur ein Traum?

Der US-Amerikanische Poet Edgar Allen Poe schrieb ja:

> „All that we see or seem,
> is but a Dream within a Dream?"

(„Alles was wir sehen oder zu sein scheinen ist nur ein Traum in einem Traum?")

XI. Erwachen

Weißes Licht. Nichts als grelles weißes Licht. Und Geräusche - von ganz weit weg. Woher kommen diese Geräusche? Was bedeuten diese Geräusche? Und was ist das für ein Licht? Ein Geruch wird langsam spürbar, ganz langsam. Ein Geruch, den ich gar nicht mag. Ich hasse diesen Geruch! Irgendetwas kribbelt in meinem Gesicht.

Schreie! Hilferufe! Mit einer gewaltigen Panikattacke erwache ich aus einem unendlich langen Alptraum.

Die Schreie und Hilferufe waren meine Schreie und Hilferufe. Das Geräusch kam von medizinischen Geräten und Monitoren. Und das grelle Licht gehört zu einer kleinen Lampe in der Hand einer Ärztin, die anscheinend damit meine Pupillenreflexe prüfen möchte. Der Geruch? Krankenhausgeruch! Diese typische Mischung aus Desinfektions- und Putzmitteln auf Linoleum Fußböden. Ich habe diesen Mief schon immer gehaßt.

Meine Gliedmaßen sind kalt, steif und irgendwie taub. Anscheinend habe ich lange so hier gelegen. Aber da dies hier weder die Hölle, noch der Himmel ist, sondern ganz offensichtlich die Intensivstation eines Krankenhauses, dann lebe ich noch.

Dann hat wohl das Leben, mit Hilfe der ärztlichen Kunst, über den Tod gesiegt.

„Wie geht es Ihnen, Mister Crawford?", fragt die junge Ärztin.

„Nennen Sie mich Ron, oder Ronny", antworte ich heiser, „wenn Sie Mister Crawford zu mir sagen, komme ich mir so alt vor."

„Na ja, beinahe wären Sie nicht sehr alt geworden, Ron" antwortet sie während sie in meiner Krankenakte blättert. Ziemlich direkt, diese junge Lady, denke ich. Aber sie hat ja verdammt Recht.

Die Ärztin berichtet mir daß ich ziemlich viel Glück hatte. Die Kugel drang durch meine Brust in den rechten Lungenflügel ein. Da das Geschoss nicht durch den Kontakt zu einer Rippe oder das Brustbein abgelenkt wurde, blieb der Schusskanal relativ gerade, und es wurde auch kein größeres Blutgefäß verletzt.

So kam es „nur" zu einem Pneumothorax, einem Zustand, bei dem der Lungenflügel praktisch in sich zusammenfällt, wenn man nicht schnell genug die Eintrittswunde von außen durch einen Verband luftdicht verschließt.

Unbehandelt erstickt man jämmerlich, mal ganz abgesehen von den inneren Blutungen.

Ich hätte ziemlich Glück gehabt, weil mir nur Sekunden nach dem Schuss professionell Erste Hilfe geleistet wurde. Sofort fällt mir Dan ein, der alte Arzt und Vietnam Veteran, der ja an diesem Morgen im Haus in Harlem war. Durch seinen Einsatz als Militärarzt in diesem verdammten Krieg hatte er sicherlich reichlich Erfahrung mit Schussverletzungen.

Ich frage die Ärztin nach den Eintragungen in der Krankenakte, und sie berichtet mir von Aussagen der Besatzung des Rettungswagens, wonach ich bereits bei ihrem Eintreffen am Tatort professionell erstversorgt wurde.

Hat mir also Dan, der alte Veteran, das Leben gerettet. Was für ein Zufall!

Oder gibt es doch so etwas wie göttliche Fügung…?

Die junge Ärztin erzählt mir daß ich schon seit gut zwei Wochen in diesem Krankenhaus, dem Harlem-River-Hospital, ganz in der Nähe der Columbia University, bin. Man habe mich in ein künstliches Koma versetzt, aus dem sie mich gerade erwachen ließ.

Sie würde nun mit mir einige Tests machen, und danach „einige Leute von der Bürgerinitiative" darüber informieren, daß ich wieder wach bin. Sie würden jeden Tag anrufen um zu hören wie es mir geht.

Sie selber hätte auch meinen Artikel über die Bürgerinitiative und den geplanten Abriss des Hauses gelesen. Und ich solle mich nicht wundern daß vor meiner Tür ein Cop Wache steht, denn der Täter, der auf mich geschossen hat, sei noch nicht gefaßt.

Die Ärztin verläßt das Zimmer, und ich falle nur Minuten später in einen tiefen Schlaf. Offensichtlich bin ich noch stark geschwächt.

XII. Wo ist May?

Langsam erwache ich aus dem tiefen Schlaf und höre ein leises Konzert von allerlei Stimmen. Ich glaube noch zu träumen, doch als ich die Augen öffne sehe ich einige Leute in meinem Zimmer.

Die junge Ärztin steht neben meinem Bett und ist damit beschäftigt meinen Blutdruck zu messen. Als Sie meinen erstaunten, noch verschlafenen, Blick sieht, sagt sie nur „aufwachen, Ron, Sie haben Besuch!".

Im Zimmer sind einige Leute von der Bürgerinitiative. Lucille, die Köchin ist da, und Dan, der alte Militärarzt, und einige andere.

Und zu meiner großen Überraschung steht da auch Mike, mein Redaktionsleiter.

Ihn hätte ich wirklich nicht erwartet. Und ohne seine angekaute Zigarre im Mundwinkel sieht er ganz ungewohnt aus.

„Hast wohl geglaubt dich wegen einer kleinen Schussverletzung vor der Arbeit drücken zu können", brummt er mit einem Augenzwinkern. „Ich habe mir echt große Sorgen gemacht", fügt er fast schon sentimental an.

„Wußte gar nicht daß du alter irischer Eichenschädel zu Gefühlen fähig bist", antworte ich mit meiner noch etwas geschwächten Stimme. Man sollte es wirklich

nicht glauben, aber hinter unserem rusti-
kalen Umgang miteinander steckt eine tiefe Sympathie. Außenstehende - vor allem
Frauen - können das wahrscheinlich nie
verstehen.
Manche Männer sind eben so.

Ich freue mich, und beantworte geduldig
die Fragen nach meinem Befinden, doch
die Stimmung unter den Besucherinnen
und Besuchern in meinem Krankenzimmer
ist irgendwie verhalten.
Doch es fehlt eine Person, die ich ganz besonders gerne gesehen hätte, obwohl ich
sicherlich gerade ein eher jämmerliches
Bild von einem Mann abgebe: May ist
nicht da!
„Wo ist May frage ich", und ernte erst mal
nur verlegene und ausweichende Blicke.
Die plötzliche Stille im Raum wird von
Dans Stimme unterbrochen.
Dan berichtet mir mit ruhiger Stimme, daß
May kurz nach dem Anschlag auf mich
plötzlich spurlos verschwunden sei.
Er berichtet weiter, daß die Leute vom
NYPD (New York Police Departement) von
einer Entführung ausgehen, und daß man
einen Zusammenhang mit dem geplanten
Abriss des Hauses vermutet, und bereits
in diese Richtung ermittelt.
Unvermittelt fallen mir diese beiden selt-
samen Typen mit den dunklen Sonnenbril-

len ein, die May und mich offensichtlich beobachtet haben.

Es scheint mir als würde das Blut in meinen Adern gefrieren, als würde mich der Schlag treffen, so schockiert bin ich von diesen katastrophalen Nachrichten. Der kalte Schweiß bricht mir aus, und die Ärztin und Dan schauen nach mir, und eine Krankenschwester spritzt anscheinend irgendein Beruhigungsmittel in meinen Infusionsbeutel, denn ich spüre plötzlich starke Müdigkeit und kann mich nicht gegen das schnell einsetzende Einschlafen wehren.

Mitten in der Nacht erwache ich, und wegen der gedämpften Nachtbeleuchtung erkenne ich nur die Umrisse eines Mannes, der am anderen Ende des Raumes ruhig auf einem Stuhl sitzt. Ich erschrecke, und mache das Licht an.
Der Mann, ein hochgewachsener Enddreißiger mit einem Wuschelkopf, der dem Sänger Art Garfunkel zur Ehre gereicht hätte, steht auf und kommt mit einem „alles ok, Ron" auf mich zu.
Aus seinem Jackett zieht er eine Polizeimarke hervor und zeigt sie mir. Der Mann stellt sich mir als Inspector Luke Whittaker vom NYPD vor.

Wie selbstverständlich zieht er einen Stuhl zu sich heran und setzt sich umgekehrt darauf zu mir an mein Bett.

Seine Arme ruhen auf der Rückenlehne, und lässig ein Kaugummi kauend bemerkt er daß ich unverschämtes Glück gehabt hätte, und daß ich mein Leben wohl „dem alten Militär Doc" zu verdanken hätte.

Luke zieht einen dieser typischen Notizblöcke heraus, und fragt, ob ich schon in der Lage sei ihm einige Fragen zu beantworten.

Bereitwillig schildere ich ihm so gut ich kann die Geschehnisse vor dem Attentat.

Und ich berichte Luke von den beiden seltsamen Gestalten, die mir schon seit Beginn meiner Recherche und Berichterstattung aufgefallen sind.

Diese Beobachtung interessiert Luke am meisten, und er sagt daß jetzt ganz viel ermüdende, aber wichtige, Kleinarbeit auf ihn und seine Kollegen zukäme.

Luke bitte mich darum daß ich ihm möglichst genau Zeit und Ort dieser Beobachtungen mitteilen soll. Sein Job wäre es jetzt zu ermitteln, welche Kamerateams oder andere Pressefotografen zu den entsprechenden Zeiten vor Ort waren. Vielleicht hätte ja Jemand zufällig diese beiden Typen gefilmt oder fotografiert. Deshalb müsse er dieses ganze Film- und Fotomaterial schnellstens bekommen und sichten. Vielleicht sei ja trotz Sonnenbrille irgendetwas markantes an den Männern zu erkennen, irgendetwas, was zu ihrer Identifizierung führen könnte.

Seine Hoffnung sei, daß er dann auch an Hintermänner, Auftraggeber, und natürlich auf die Spur des Täters oder der Täter kommt.

Auch Luke hat von der Berichterstattung und der Auseinandersetzung um das Haus in Harlem gehört und gelesen, und versichert mir, daß er alles daran setzt den Fall zu klären, und alle Beteiligten so schnell wie möglich in einem New Yorker Gefängnis sehen will.

Mit einem „wir kriegen diese Ratten, und wenn ich jeden Stein in Manhattan umdrehen muß" verabschiedet er sich, und ergänzt noch mit ernster Stimme: „Und ich finde May, verlassen Sie sich drauf, Ron!"

Inzwischen energisch auf seinem Kaugummi kauend, verläßt er mit schnellen Schritten den Raum.

Ich bin ziemlich K.O. und aufgewühlt zugleich, habe aber den Eindruck daß dieser Inspector Luke Whittaker der richtige Mann für diesen schwierigen Job ist.

Ich spüre daß dies kein Routinefall für ihn ist, und daß er die Sache ernst nimmt.

Der Mann hat Blut geleckt, und das ist gut so.

Hoffentlich findet er May, und hoffentlich geht es ihr gut. Er muß sie finden, denke ich während mir die Tränen fließen, er muß einfach!

Ich komme mir hilflos und überflüssig vor, weil ich noch ein paar Tage hier im Hospital bleiben muß, und deshalb zur Untätigkeit verdammt bin.

XIII. Einsamkeit und Suche

Dunkelgraue Wolken hängen über New York City und es ist nass und windig in den Straßen der Stadt. Bei diesem Wetter kann diese Stadt sehr trist wirken, und die Menschen eilen mit Regenschirmen bewaffnet eilig durch die Straßenschluchten, die bei diesem Wetter noch finsterer wirken.

Und so dunkelgrau wie die Wolken über der Stadt sind auch die Gedanken in meinem Kopf.

Vor gut zwei Wochen wurde ich aus dem Hospital entlassen.

Im Irrglauben May oder die komischen Typen irgendwo zufällig zu finden laufe ich Stunde um Stunde durch die Straßen. Daß das sinnlos ist, weiß ich selber, aber ich kann nicht anders. Ich fühle mich wie der einsamste Mensch auf diesem Planeten.

Ein Mensch, nur ein einziger ganz bestimmter Mensch, verschwindet aus dieser Millionen Metropole, und du fühlst dich als wärst du völlig alleine in dieser mit Menschen überfüllten Stadt. May fehlt mir, und für einen Moment wünsche ich mir daß die Kugel mein Herz getroffen hätte.

Ich mag nichts mehr Essen und kann nicht mehr klar denken. Unfähig zu normalen Empfindungen laufe ich weiter und weiter wie ein einsamer Wolf. Das kalte Nass des Regens hat längst meinen Mantel durchdrungen, und in meinen Schuhen steht schon das Wasser, ohne daß es mich irgendwie berührt. Wer schon mal den „Steppenwolf", das Meisterwerk von Hermann Hesse, gelesen hat, kann vielleicht ein wenig erahnen wie es mir gerade geht.

Quälend langsam vergehen so die Tage, und Sekunden werden zu Stunden.
Jeden Tag rufen Dan oder Lucille an um mich zu trösten, aber ich finde keinen Trost.
Selbst Mike versucht rührend mich irgendwie aufzuheitern, was ihm jedoch nicht gelingt.
Inspector Luke Whittaker vom NYPD meldet sich ebenfalls regelmäßig, aber es gibt leider noch keinen Durchbruch bei der Fahndung.

Frierend, durchnässt und todmüde mache ich mich schließlich auf den Heimweg.
Völlig erschöpft erreiche mein Apartment und falle, so wie ich bin, in regennassen Kleidern, in mein Bett und schlafe sofort ein.
Wieder erlebe ich eine Nacht voller Alpträume, und gegen vier Uhr morgens erwache ich schweißgebadet aus solch einem Alptraum.

Noch ehe ich das Bad erreiche um die feuchten Kleider loszuwerden, klingelt das Telefon.

Ich haste nach dem Hörer, und hebe mit der Angst ab, es könne eine schlimme Nachricht sein.

Es ist Inspector Whittaker. Er berichtet daß es eine Spur gäbe, und daß in ein paar Minuten ein Cop käme um mich ins Polizeirevier abzuholen.

Hastig springe ich trockene Kleider und laufe nach unten auf die Straße, wo im selben Moment der Streifenwagen ankommt.

Mit rasantem Tempo fährt der Beamte mich durch die noch relativ leeren Straßen, und schon nach wenigen Minuten kommen wir im Polizeirevier an.

Inspector Whittaker, begrüßt mich und bittet mich an einen Schreibtisch mit einem großen Computerbildschirm.

Whittaker hat die Ärmel seines Hemdes hochgekrempelt, und die Krawatte hängt nur noch locker um den Hals. Die Haare seines Lockenkopfes sind zerzaust, und unter seinen Augen sind dunkle Ringe sichtbar. Ganz offensichtlich hat er die ganze Nacht durchgearbeitet. Es sind noch andere Beamte im Raum, und es herrscht hektische Betriebsamkeit. Es ist kaum zu glauben daß es gerade mal kurz nach vier am frühen Morgen ist.

Whittaker berichtet daß man alle am Tag des Attentats anwesenden Fernsehteams und Pressefotografen ermittelt hat, und sich mit einem richterlichen Beschluss das gesamte Film- und Fotomaterial besorgt und gesichtet hat, in der Hoffnung daß man irgendwelche hinweise auf den Täter findet.

Einige andere Detectives vom NYPD haben nach Befragungen der Leute von der Bürgerinitiative und nach Aufrufen per Plakat und Flugblättern viele der damals anwesenden Passanten ermitteln können, und sie um ihre Handyfotos und Videos von diesem Tag gebeten.

Über viele Stunden lang wurde das Bildmaterial in akribischer Kleinarbeit auf Verdächtiges hin überprüft.

Aber das waren immer nur ähnliche Bilder, die das Haus und die Menschen davor zeigten, jedoch nicht die Umgebung.

Nur eine einzige ganz kurze Filmsequenz eines Handy Videos ergab einen kleinen Anhaltspunkt, und auch das nur durch einen reinen Zufall.

Ein junger Paketbote, der im Rahmen seiner Tour am Haus vorbeikam, hielt kurz an als er die Menschenmenge sah. Er wollte gerade das Geschehen mit seinem Handy filmen, als der Schuß fiel. Ziemlich erschrocken drehte er sich um - das Handy immer noch filmend in seiner Hand! Auf einem nur eine Sekunde dauernden Abschnitt der Aufnahme sieht man in einiger Entfernung einen Mann, der eilig einen langen Gegenstand unter seinem dunklen Mantel versteckt, und sich gerade seine Sonnenbrille aufsetzen will. Und nur für diesen wirklich sehr kurzen Moment ist sein Gesicht sichtbar, und wird von der Handykamera des jungen Paketboten aufgenommen.

Das Foto war durch die Bewegung natürlich nicht ganz scharf, aber die IT-Fachleute des NYPD haben mithilfe ihrer Programme ein einigermaßen brauchbares Bild herausgearbeitet.

Whittaker zeigt mir das Bild, und ich kann ihm zumindest bestätigen, daß die Statur des Mannes und seine Haare zu einem der beiden merkwürdigen Typen passt, die May und mir mehrfach aufgefallen sind.

Dieses Bild wurde in den vergangenen Stunden durch die Computer des NYPD gejagt, und auch das FBI wurde hinzugezogen, um die Fahndung landesweit zu erweitern.

Spezielle Programme für die Gesichtserkennung haben das Foto mit Abertausenden Fotos aus der Straftäter Datei des FBI verglichen, ein Vorgang der trotz schnellster Rechner viele Stunden dauert - und Bingo! Ein Treffer! Der Mann auf dem Foto ist ein kolumbianischer Auftragskiller, nach dem schon seit Jahren international von Interpol gefahndet wird!

Aber wo steckt dieser brutale Killer? Ist er überhaupt noch in New York, oder längst schon irgendwo anders?

Die letzte Hoffnung der Leute vom NYPD war „Kommissar Zufall". Von der Verkehrsbehörde der Stadt forderten sie alle Filme von Verkehrsampeln und Überwachungskameras in Manhattan und an, und wurden tatsächlich fündig. Das Gesicht des Auftragskillers wurde gefilmt, als er vor wenigen Tagen eine rote Ampel überfahren hat. Er hält sich also möglicherweise noch immer in der Stadt auf!

Der Rest war verdeckte Kleinarbeit. Mit einem Fahndungsfoto des Mannes wurden alle Ladenbesitzer, Restaurantbetreiber und auch polizeibekannte Zuhälter und Prostituierte befragt, erst im direkten Umkreis der Ampel, und dann in immer weiterer Kreisen aussen herum.

Und die Detectives hatten Erfolg! In einem ziemlich schmierigen Hotel, daß eigentlich nur stundenweise von Prostituierten genutzt wird, erkannte eine Servicekraft das Gesicht.

Und genau in diesen Minuten, in denen mir Luke Whittaker dies alles berichtet, ist eine SWAT Einheit (Special Weapons And Tactics) in dem Hotel dabei das Zimmer des Verdächtigen zu stürmen.

Whittaker und die anderen Detectives starren wie hypnotisiert auf das Funkgerät und warten angespannt auf eine Meldung des SWAT. Minuten vergehen, und man kann die Spannung im ganzen Raum spüren. In den Gesichtern der überarbeiteten Männer erkennt man die Furcht davor es könnte bei der Aktion etwas schief gehen. Wie leicht kann aus einer solchen Aktion ein Blutbad werden, wie leicht könnte einer ihrer Kollegen verletzt oder gar getötet werden.

Die Spannung im Raum steigt aufs Unermessliche, bis plötzlich eine Stimme aus dem Funkgerät schallt: „SWAT für Whittaker, der Job ist erledigt. Wir haben den Verdächtigen gefaßt und eine Geisel befreit!"

Jubel erfüllt den Raum noch bevor Whittaker eine Rückfrage stellen kann.

Die Detectives des NYPD fallen sich in die Arme, und die unglaubliche Anspannung löst sich.

Whittaker und ich schauen uns ungläubig in die Augen, und als es im Raum wieder ruhig wird, fragt er über Funk nach: „Eine Geisel befreit? Was für eine Geisel?"

Der SWAT Einsatzleiter antwortet prompt: „Eine Mrs. Baker, May Baker. Sie ist unverletzt. Die Psychologin kümmert sich gerade um sie."

Whittaker quittiert diese unerwartete und unverhoffte großartige Nachricht mit ei-

nem lautstarken „Yeah, the Job is done!",
und streckt die Faust in die Höhe.
Was folgt ist ein kräftiger Applaus und
jede Menge Schulterklopfen der Detectives
für Whittaker, während ich einfach nur da-
sitze und das Glück nicht fassen kann.
„Alles O.K.?" fragt mich einer der Männer,
„Alles O.K.!" antworte ich, und übermannt
von meinen Gefühlen weine ich wie ein
kleines Kind. Whittaker kommt, nimmt
mich in den Arm, und tröstet mich - wie
ein kleines Kind. Ich schäme mich nicht
meiner Tränen.
May lebt. Ein furchtbarer Alptraum ist beendet.

Doch für die Leute vom NYPD ist der Fall
noch nicht abgeschlossen. Nicht bevor
man die Auftraggeber und Hintermänner
gefaßt sind.

Plötzlich wird es wieder hektisch im Polizeirevier. Ich schaue aus dem Fenster auf
die Straße. Die SWAT Leute sind angekommen, und der Verdächtige wird, in
Ketten gelegt und eskortiert von schwer
bewaffneten Einsatzkräften, in ein Verhör-
zimmer gebracht.

Aus einem anderen Polizeiwagen wird May,
begleitet von einer Polizistin und der Psychologin, ins Gebäude gebracht. Kurz darauf kommen die drei Frauen in den Raum.

May fällt mir weinend um den Hals, und ohne daß wir in der Lage wären irgendetwas zu sagen, umarmen wir uns minutenlang ohne daß auch nur ein Wort fällt.
Und Worte sind auch nicht nötig, denn dieses Glück ist nicht in Worte zu fassen.
Und auch ohne Worte spüren wir gegenseitig genau was wir fühlen. Man nennt es Liebe.

Begleitet von zwei Detectives werden May und ich in eine sichere Zeugenwohnung der New Yorker Staatsanwaltschaft gebracht, die rund um die Uhr bewacht wird.
Man will sichergehen und uns schützen, solange die Hintermänner und Auftraggeber des Attentats und der Entführung nicht ermittelt und gefaßt sind.

Während wir in diese Wohnung gebracht werden beginnt für Whittaker und seine Leute schon wieder die Arbeit. Die leitende Staatsanwältin der Stadt ist eingetroffen, ebenso ein Pflichtverteidiger, und das Verhör des gefaßten Verdächtigen beginnt unverzüglich.
May und ich beziehen die bewachte Wohnung. Es gibt zwei Schlafzimmer, aber wir brauchen nur eines. Und in dieser Nacht geschieht auch nur eines:
Völlig erschöpft schlafen wir ein. Arm in Arm.

XIV. Auftraggeber und Hintermänner

Nach zwei Tagen in der Wohnung kommt Inspector Luke Whittaker zu uns. Er berichtet vom Ergebnis des Verhöres, daß sich über die beiden vergangenen Tage teils bis tief in die Nacht hingezogen hat.

Der Verdächtige sei schließlich unter dem Druck der Verhöre und Indizien zusammengebrochen, und hat gestanden auf mich geschossen zu haben, und mit Hilfe eines Komplizen später May auf ihrem Heimweg entführt zu haben. Außerdem wurde ja in dem Hotelzimmer unter anderem die Tatwaffe gefunden.

Nachdem ihm von der Staatsanwältin ein kleines Entgegenkommen in Bezug auf die in der Anklage zu fordernden Haftzeit zugesagt wurde, hat er ausgepackt.

Und das was der kolumbianische Auftragskiller den Ermittlern erzählt, hat es wirklich in sich, und wird in der Stadt noch hohe Wellen schlagen:

Der Leiter der Immobilienabteilung der Investment-Bank, ein noch recht junger ehrgeiziger Manager, wollte das „Projekt Harlem", wie er den geplanten Abriss des Hauses in Harlem bezeichnete, „etwas beschleunigen".

Das Projekt hätte ihm eine fette Prämie eingebracht, und durfte deshalb nicht scheitern.

Mit Hilfe eines von ihm bestochenen IT-Spezialisten der Bank hat er im eigentlich unsichtbaren und illegalen Teil des Internets, dem sogenannten „Dark Net", Kontakt zu Auftragskillern gesucht, und schließlich den kolumbianischen Auftragskiller, gefunden und Kontakt aufgenommen.

Whittaker erzählt weiter. Der Bankier und der Auftragskiller hätten sich inkognito auf der Staten Island Fähre getroffen und seien sich schnell „handelseinig" geworden.

Der Auftrag lautete: Eliminieren des Journalisten um die Presse einzuschüchtern, und die Entführung von May bis die Leute von der Bürgerinitiative nachgeben und das Haus räumen. Der Preis für den Auftrag: 25.000 Dollar in kleinen gebrauchten Scheinen.

Für den Bankier kein großes Problem, hat er sich doch mit Schwarzgeld auf geheimen Nummernkonten auf den Virgin Islands in den letzten Jahren ein „Budget für Problemfälle" angelegt.

So ist es also, die freie Berichterstattung ist für ihn „ein Problemfall", und die Beseitigung kostet ihn schlappe 25.000 Dollar.

So viel - besser gesagt so wenig - ist also ein Menschenleben wert. Weniger als ein gebrauchter Ford Pickup. Wahnsinn.

May hört fassungslos zu, und auch ich bin von der Gier, der Skrupellosigkeit und der kriminellen Energie schockiert.

„Und heute wird's noch mal richtig spannend" sagt Whittaker und steht auf.

Er erzählt uns daß er nun los müsse. Zeitgleich wird es mehrere Operationen geben. Verschiedene Teams von Ermittlern,
unterstützt von schwer bewaffneten SWAT
Leuten, werden auf die Sekunde genau
zur gleichen Zeit die Zentrale der Invest-
mentbank, sowie die Privatwohnungen
des beschuldigten Bankiers und die des
IT-Spezialisten durchsuchen, und Fest-
nahmen durchführen.

Ich frage ob May und ich mitkommen dürfen um den Einsatz in der Bankzentrale
mit verfolgen zu können. Mit eigenen Augen will ich sehen wie sie den Auftraggeber schnappen und abführen, den Mann,
der mich töten lassen wollte und May ent-
führen ließ. Und wer weiß schon ob er May
wirklich wieder freigelassen hätte. Eventuell hätte sie ihn ja identifizieren können.

Whittaker stimmt zu, und gemeinsam verlassen wir die Wohnung und fahren mit
einer Kolonne ziviler Fahrzeuge Downtown, Richtung Financial District.

Kurze Zeit später erreichen die Zentrale
der Bank, einen dieser typischen dunkel
verglasten Wolkenkratzer im Bankenvier-
tel.

Zur gleichen Zeit kommen die schwarzen
gepanzerte Vans der SWAT an, und mit

schussbereiten Sturmgewehren bewaffnet
sichern sie die Straße und die Eingänge.

Im selben Moment hören wir Geräusche
von Helikoptern, die auf dem Heli Port auf
dem Dach des hohen Gebäudes landen.

Hier kommt niemand mehr ungesehen
rein oder raus. Mit Whittaker voran stürmen die Leute vom NYPD in das Gebäude.

Dann passiert erst mal nichts, es ist ruhig,
außer daß immer mehr Fernsehteams und
Presseleute eintreffen, denn die nun sicht-
bare Aktion hat sich blitzschnell herumge-
sprochen.

Satelliten-Übertragungswagen werden
aufgestellt, Kameraleute und Moderatoren
machen sich bereit, noch nicht wissend,
was hier vor sich geht. In einiger Entfernung sehe ich Mike und einen anderen Fo-
tografen des Chronicles. Ich rufe und win-
ke sie herbei. Sie dürfen durch die eilig
errichtete Polizeiabsperrung und haben so
die Chance ganz nah am Geschehen sein
zu können, ganz nah an der Aufdeckung
eines Skandals und eines Verbrechens,
das noch für viel Wirbel im Financial
District sorgen wird.

Nach einiger Zeit tut sich etwas am
Haupteingang des Gebäudes. Dutzende
Cops tragen Computer und kistenweise
Aktenordner in die Vans des NYPD. Die lei-
tende Staatsanwältin ist ebenfalls da und
überwacht den Abtransport des Materiales,

das brisante Informationen enthalten könnte.

Schließlich kommt Inspector Luke Whittaker raus. Mit Handschellen an ihn gefesselt ist der Leiter der Immobilienabteilung der Investment-Bank, der nach den Aussagen des Auftragskillers mutmaßliche Auftraggeber.

Genauso schnell, wie die Wagenkolonne gekommen war, verschwindet sie wieder in Richtung des zuständigen Polizeireviers.

Mike und mein Kollege haben richtig gute Fotos des Verdächtigen machen können. Sie kommen kurz zu uns herüber und sind ganz aufgeregt.

„Der Artikel morgen im Chronicle wird ein Knüller", sagt Mike mit einem breiten Grinsen im Gesicht, und kaut noch intensiver auf seinem längst erloschenen Zigarrenstummel herum als sonst. Rauchen in der Öffentlichkeit ist ja sowieso schon lange verboten in New York City.

Für einen der ehrlichen Berichterstattung und der Gerechtigkeit verpflichteten Journalisten der alten Schule wie ihn ist das, was hier geschieht das Salz in der Suppe.

Die Unersättlichkeit mancher Bankiers und Manager, die Gier nach immer mehr Geld, widert ihn genauso an wie mich.

Unsere beiden Aufpasser vom NYPD fahren May und mich wieder in die Wohnung, wo wir noch bleiben sollen bis klar ist daß alle Hintermänner gefaßt sind.

Mit den beiden Männern bestellen wir uns Pizza und verbringen nach langen Gesprächen über die Polizeiarbeit eine einigermaßen ruhige Nacht.
Es ist gerade mal sieben Uhr am Morgen, und wieder steht Inspector Whittaker vor der Tür. Ich frage ihn scherzhaft, ob er kein Zuhause habe, und er antwortet, daß er bei einem solchen Fall wie diesem einfach nicht locker lassen kann. Selbst wenn er pünktlich Feierabend machen würde könne er sowieso nicht ruhig zu Hause sitzen und ein Bier trinken. Sein Sinn für Gerechtigkeit, und sein daraus begründetes Jagdfieber, ließen das einfach nicht zu.
„Sie sind ein aufrechter Cop", sage ich. „Die Stadt kann stolz sein auf Männer wie sie."

Whittaker erzählt uns daß der Fall gelöst sei, und daß wir die geschützte Wohnung wieder verlassen könnten. Ein Geständnis des beschuldigten Bankmanagers sei überhaupt nicht notwendig gewesen um Anklage zu erheben, er habe sich praktisch selber überführt.
Völlig selbstsicher, und in der arroganten Annahme niemand könne auf die verschlüsselte Festplatte seines privaten Computers zugreifen, hat er peinlich ge-

nau wie ein Buchhalter Buch über seine illegalen Transaktionen geführt. Ja selbst die Zahlung an den angeheuerten Killer ist in seinen Excel Tabellen von ihm genau dokumentiert worden.

Es gäbe auch keine weiteren Mittäter, außer dem Komplizen des Kolumbianers, der bei Mays Entführung geholfen hat.

Dessen Identität wurde von dem Kolumbianer preisgegeben. Allerdings hat er unmittelbar nach der Tat die Vereinigten Staaten über den JFK Airport verlassen.

Der wird einen Teufel tun und wieder in die Staaten einreisen, meint Whittaker.

Ein internationaler Haftbefehl sei erstellt und auch ein Auslieferungsantrag für den Fall seiner Verhaftung in Südamerika sei gestellt worden.

Ich bitte Luke Whittaker darum diese Informationen „mit etwas zeitlichem Vorsprung" an Mike geben zu dürfen. Ich gönne Mike den Erfolg der ersten Berichterstattung. Whittaker stimmt zu, er würde die offizielle Pressemitteilung noch etwas herauszögern.

May und ich bedanken uns bei diesem großartigen Cop. Er fährt uns noch zum Haus der Bürgerinitiative in Harlem, wo wir drei von Lucille und Dan stürmisch begrüßt werden.

Lucille umarmt den hochgewachsenen und schlanken Cop, und zieht ihn hinter sich her in die Küche hinein. „Sie sind ja viel zu dünn, Mister Whittaker, jetzt gibt's erst mal richtig was zum Essen, jetzt gibt's Soul Food!"

Danach fallen sich Lucille und May in die Arme, und es fließen reichlich Freudentränen.

Selbst der hart gesottene New Yorker Cop bekommt etwas feuchte Augen, und offensichtlich völlig ausgehungert genießt er die herzliche Gastfreundschaft von Lucille, und ihr hervorragendes Soul Food.

Die Nachricht von unserer Ankunft verbreitet sich wie ein Lauffeuer in Harlem. Schon bald ist eine große Menschenmenge vor dem Haus und es herrscht regelrechte Volksfeststimmung, und es wird noch bis tief in die Nacht gefeiert.

XV. Konsequenzen

Mikes Artikel im Chronicle und die kurze Zeit später erfolgte Berichterstattung in den anderen Medien haben in New York, und speziell im Financial District, voll eingeschlagen.

May und ich sitzen im Aufenthaltsraum des Hauses in Harlem vor dem Fernsehgerät und genießen das Frühstück von Lucille.

Egal zu welchem Sender wir schalten - überall das gleiche Thema, die kriminellen Machenschaften der Investment-Bank.

Große Bankkunden drohen mit Abzug ihrer Konten, und die Kommentatoren der Zeitungen und Magazine lassen kein gutes Haar an dem Investment Bankier und an dem Vorstand der Bank, der ihn gewähren ließ.

Es entsteht eine breite Debatte in der Stadt über Ethik und Gerechtigkeit in der Wirtschaft, über die Gier der Reichen nach immer mehr, und die wachsende Armut der „kleinen Leute", die ohne Zweit- oder Drittjob garnicht mehr über die Runden kommen.

Der öffentliche Druck auf die Bank wird immer größer, und schließlich kommt die erlösende Nachricht: Man verzichtet auf das Projekt! Das alte Haus wird nicht abgerissen, um darauf Luxus Apartments zu bauen. Die Bürgerinitiative darf bleiben, und es wird eine kleine bezahlbare Miete vereinbart. Der Vorstand der Bank gründet sogar einen gemeinnützigen Hilfsfonds zur Unterstützung der Arbeit der Bürgerinitiative.

Freilich geschieht das nicht nur aus plötzlich entdeckter Nächstenliebe, sondern ist dem gewaltigen Image Verlust geschuldet. Aber immerhin. Vielleicht hat ja der ein oder andere Manager der Bank sein bisheriges Handeln kritisch hinterfragt...

Die gute Nachricht verbreitet sich schnell in Harlem, und an diesem Tag wird noch viel gelacht und gefeiert, und zwei Menschen freuen sich ganz besonders: May und ich.

Lucille und Dan stehen in der Tür und schauen still zu wie May und ich vor dem Fernseher sitzen und die Berichterstattung verfolgen. Als ich es bemerke, schaue ich die beiden nur lang und wortlos an. Ich denke daran was für großartige Menschen ich hier kennenlernen durfte.

Und ich denke an meinen Job. Daran, wie wichtig eine seriöse Berichterstattung ist, und wie wichtig es ist „denen da oben" auf die Finger zu schauen, die Hand in die Wunde zu legen, und nicht locker zu lassen wenn Missstände zu erkennen sind.

Macht erfordert Kontrolle, und das gilt für das Management eines Großunternehmens genauso wie für Politiker, angefangen von Abgeordneten, über Bürgermeister, bis hin zum Präsidenten. Und die beste Kontrolle ist eine freie, unabhängige Presse, die seriös und sauber recherchiert berichtet.

Dafür braucht es Journalistinnen und Journalisten, die ihren Job ernst nehmen, unbestechlich sind - und sich nicht weg ducken wenn man ihnen droht oder Widerstände aufkommen.

In aller Bescheidenheit, aber doch nicht ohne etwas Stolz, glaube ich ein solcher Journalist zu sein.

Und die Gesellschaft braucht Leute wie Lucille, Dan, Joe und May, die in uneigennütziger Art benachteiligten Menschen am Rande der Gesellschaft helfen.

Ohne sie wäre die Welt ein gutes Stück kälter.

May und ich sind ziemlich müde und kaputt von den Ereignissen der letzten Tage, und wir beschließen daß sie in ihr Apartment geht, um ein paar Stunden zu schlafen. Ich begleite sie noch bis dahin, und trete ebenfalls den Heimweg an.

XVI. Auf der High Line

Pünktlich um 19:00 stehe ich vor der Subway Station 34th Street Hudson Yard.
Ich bin mit May zu einem Spaziergang auf der High Line verabredet. Es ist ein schöner Abend, die Temperaturen sind angenehm.
May kommt die Treppe hoch aus der Station. Sie sieht mich, strahlt wie die Sonne an einem Frühlingsmorgen, und kommt mit schnellen schritten auf mich zu.

Sie trägt Sneaker, eine Blue-Jeans mit einem markanten schwarzen Ledergürtel, und ein einfaches weißes Männerhemd mit lässig hochgekrempelten Ärmeln. Ihr Pferdeschwanz wird von einem blauen Tuch gehalten, und auf der Stirn steckt eine modische Sonnenbrille mit blauem Gestell. Der Kontrast ihrer schönen dunkelbraunen Haut und den tiefschwarzen Haaren zu dem weiten weißen Hemd ist einfach nur faszinierend und schön.
Als sie näher kommt, bemerke ich wie ihr BH, anscheinend ein klassisches französisches Modell, zart durch den glatten weißen Stoff des Hemdes schimmert. Wow…
Aber das Schönste ist ihr unwiderstehliches Lächeln. Und daß diese schöne Lady auch noch außergewöhnlich intelligent und emphatisch ist, macht sie zur begehrens-

wertesten Frau die mir jemals über den Weg gelaufen ist.

May begrüßt mich mit einer festen Umarmung, und ich rieche ihren Duft, den selben Duft, der meine letzte Wahrnehmung war, bevor ich nach dem Schuss auf mich ohnmächtig wurde.

Wortlos nimmt May meine Hand, und wir spazieren ganz gemütlich die High Line hinunter, diese ehemalige Subway Linie gut neun Meter über der Straße, die heute zu einem schönen Park und Spazierweg geworden ist.
Wir haben schöne Ausblicke nach Westen, über den Hudson River, nach New Jersey.
Wir gehen vorbei an verliebten Pärchen, staunenden Touristen und einigen ehrenamtlichen Helfern, die die High Line pflegen und schön bepflanzt haben.
Zur Linken, nach Osten, bieten sich wechselnde Ausblicke, mal auf das Empire State Building, mal auf große alte Fabrikgebäude aus roten Backsteinen. Unter uns war ja mal der Meatpacker District mit seinen Schlachthöfen. Heute sind hier Ateliers von Künstlern, kleine Restaurants, und hier hat sich ein Trend breitgemacht: Einige der kleinen Restaurants und Bars haben eigene kleine Micro-Brauereien, in denen sie wechselnde Bierspezialitäten brauen und frisch ausschenken. Man

nennt sie die „Craft-Beers", und sie sind völlig zu Recht sehr beliebt.

Und es gibt neuerdings „German Bratwurst und Sauerkraut", sowie deutsche Backwaren, was ebenfalls sehr gut ankommt.

So schlendern May und ich weiter, und genießen ohne viele Worte zu wechseln einfach nur unser Zusammensein.

Als May verschwunden war, war New York kalt und grau für mich, und ich konnte nichts mehr empfinden außer Kälte und Einsamkeit.

Jetzt, mit ihr an meiner Hand, merke ich wie das richtige Leben wieder in mich zurückkehrt. Was grau war ist wieder farbig, was kalt war ist wieder warm, was tot war ist wieder lebendig.

Ich lebe wieder. Und ich liebe.

Wir kommen vorbei an dem markanten Papier-Graffiti, daß Albert Einstein mit einem Schild zeigt, auf dem

„Love is the Answer"

zu lesen ist.

XVII. Im Little Sicilia

Inzwischen ist es 20:30 Uhr. Ich schaue May an, und frage „Hungrig?". Ihre Antwort ist ebenso knapp: „Hungrig!"
Wir gehen auf die Straße hinunter, winken uns ein Yellow Cab heran, und ich gebe dem Fahrer als Adresse das „Little Sicilia" an, mein italienisches Lieblingsrestaurant in Little Italy.

Luigi begrüßt uns mit einem lauten und herzlichen „Benvenuto", blickt auf May, und fügt ein bewunderndes „Bona Serata, bella Donna" an.
Er gibt uns einen schönen Tisch, macht schnell noch eine frische rote Rose in die Vase, und zündet Kerzen an.
Und dann gibt dieser verrückte kleine italienische Kellner alles: Wie ein Ballettänzer wirbelt er durch das Restaurant und verwöhnt uns auf beste italienische Art.
Er bringt uns den Aperitif, dann kommen eingelegte Oliven, Pepperoni und frisches Knoblauchbrot. Es folgt eine Platte mit allen kleinen Köstlichkeiten der Küche: Artischokenherzen, gegrillte Sardinen, geschmorte Auberginen, gebackener Käse, Schinken, und jede Menge anderer Antipasti.
Dann bringt er Wein und eine weitere Platte mit diversen Hauptgerichten, mit Kalamari, Scampi, Fisch, und vielem mehr.

Es geht in der Tat so zu wie es Billy Joel in seinem Lied „Scenes from an Italien Restaurant" beschreibt:
„A bottle of red, a bottle of white, perhaps a bottle of rosé instead?..."

Luigi spürt unsere Liebe, und er freut sich mit uns. Vom vielen Essen und vom vielen Lachen tun uns schon die Bäuche weh.
Glücklich, und mit gut gefüllten Bäuchen, verabschieden wir uns von Luigi, und bedanken uns für diesen wunderbaren Abend im „Little Sicilia" in Little Italy, New York City.
Durch die laue Nachtluft spazieren wir die paar Blocks bis zu meinem Apartment. Wir kommen vorbei am Eingang meiner Subway Station, der Grand Street Station, und vor dem Eingang sitzt - wie könnte es auch anders sein - die alte Chinesin, und versucht noch immer mit ihrem lautstarken Geschrei ihre Lotterielose, oder was auch immer, zu verkaufen.
May blickt mich fragend an, und ich sage nur lächelnd „Welcome to Chinatown!"

Die folgende gemeinsame Nacht war eine Nacht voller Leidenschaft. May und ich waren nach unseren traumatischen Erlebnissen voller Lust auf das Leben, und wir ließen in dieser Nacht unserer Lust freien Lauf.

Der Morgen danach. Es ist noch früh, und die ersten Sonnenstrahlen dringen allmählich durch die Vorhänge und wecken mich langsam auf.
Ich schaue hinüber zum Fenster. Dort steht May, bekleidet mit nichts außer dem weißen Hemd vom Abend.

Durch das Licht der Morgensonne zeichnet sich die atemberaubende Silhouette von Mays Körper durch den dünnen weißen Stoff des Hemdes ab.
Wäre ich ein Maler, dann würde ich sie genau so malen wollen. Aber ich bin ja nur ein Fotograf, und so schnappe mir meine Nikon, um einige Fotos zu machen.

May schaut mich lange an, und meint nur: „Ein Apartment könnten wir uns in Zukunft sparen. Du gehörst zu mir. Und ich glaube Du gehörst nach Harlem."

„Die alte Chinesin ging mir sowieso schon lange auf die Nerven", ist meine knappe Antwort.

Good bye, Chinatown…

Ende.

Graffiti in Litle Italy.

Graffiti in Little Italy.

Typische Avenue in Manhattan.

Bemerkungen zu den Bildern:

Seite 121 & 122: Graffiti in Little Italy.

Seite 123: Typische Avenue in Manhattan.
Es gibt 10 Avenues und den Broadway. Sie
verlaufen in Nord-Süd Richtung. Die
„Streets" verlaufen immer in West-Ost
Richtung. So weiß man anhand der Schil-
der an jeder Straßenkreuzung immer einigermaßen genau wo man sich befindet.

Seite 124: Blick von einer Rooftop Bar in
Chinatown und Blick vom One World Trade
Center.

Seite 125: Am Broadway und typische
Feuerleitern.

Seite 126: Typische Fahrzeuge des NYFD,
der New Yorker Feuerwehr.

Seite 127: Subway Zug und Straßenszene
in Harlem.

Seite 128: Das inzwischen verschwundene
Graffiti „Sailors Kiss" von Eduardo Kobra,
gesehen von der High Line, und der Little
Italy Schriftzug.

Seite 129 oben: Diesen Firefighter (Feu-
erwehrmann) habe ich nach einem Einsatz
in der Subway Station Canal Street in Chi-

natown kennengelernt. In der Stadt gibt es viele kleine dezentrale Feuerwachen. Ich habe welche besucht, und Feuerwehrleute kennengelernt. Die Firefighter sind in New York hoch angesehene und geschätzte Leute. Es gehört schon eine Menge Mut dazu zu Bränden und Katastrophen tief unter die Erde in die Subway oder in riesige Wolkenkratzer zu laufen.

Seite 129 unten: In Harlem.

Seite 130: Im „Dog Run" und ein NYPD Streifenwagen

Seite 131 oben: Emblem auf einem Fahrzeug des NYFD

Seite 131 unten: Ich.

Einkaufstip für Hutträger wie mich:

Das JJ Hat Center, ein kleiner im Jahre 1911 gegründeter Hutladen mit riesiger Auswahl und guter Beratung. Gönnen Sie sich mal einen „Pork Pie", so wie ich ihn auf dem Bild trage. Ich habe einige - für jedes Wetter und für jede Jahreszeit.

JJ Hat Center, 310 Fifth Ave, zwischen 31st & 32nd Street, New York, NY 10001

Musiktips:

Es gibt einige Musiktitel, in denen die Stadt New York eine Rolle spielt. Teilweise ist es wirklich interessant bei den Texten mal genau hinzuhören. Eine kleine Auswahl:

1. Mein Favorit: „The New York State of Mind" von Billy Joel.
2. „A Heart in New York" von Simon & Garfunkel.
3. „Arthur´s Theme" von Christopher Cross
4. „Beautiful Noise" von Neil Diamond

Musicals in New York:

In New York City gibt es immer mehrere Musicals gleichzeitig. Es ist absolut empfehlenswert ein Musical in einem der Theater in Manhattan zu erleben. Ich habe „Cats" und „Miss Saigon" erlebt. Günstige Rest- und Last-Minute-Tickets gibt es bei den TKTS Shops.

Jazz:

Es gibt zahlreiche Jazz Clubs in der Stadt. Aus eigener Erfahrung kann ich das „blue note" empfehlen.

Günstig die Skyline von Manhattan betrachten:

1. Eine Fahrt mit der Staten-Island-Ferry. Die Fahrt mit einer der riesigen Fähren von und nach Staten Island ist kostenlos. Der Fährhafen ist an der Südspitze von Manhattan. Unterwegs bieten sich herrliche Ausblicke auf das südliche Manhattan.
2. Eine Fahrt mit der „Path" Subway unter dem Hudson hindurch auf die andere Seite des Flusses. Von Hoboken oder New Jersey aus hat man einen breiten Panoramablick auf die gesamte Westseite von Manhattan.

Perfekte Aussichtspunkte:

1. „Top of the Rock" auf dem Rockefeller Center. Bester Blick auf Midtown und Central Park.
2. „Empire State Building". Sowohl das Gebäude, als auch die Aussicht sind phänomenal. Schöner Blick auf das Flatiron Building.
3. „One World Trade Center". Von den Stockwerken 100 bis 102 bieten sich atemberaubende Ausblicke. Schon die Fahrt mit dem Express-Aufzug ist ein Erlebnis!
4. Diverse „Rooftop-Bars". Cooler geht's nicht!